Heitere Geschichten für den Jahresanfang

Heitere Geschichten für den Jahresanfang

Herausgegeben von Christian Lux

Reclam

RECLAMS UNIVERSAL-BIBLIOTHEK Nr. 14719
2025 Philipp Reclam jun. Verlag GmbH,
Siemensstraße 32, 71254 Ditzingen
info@reclam.de
Umschlaggestaltung: Philipp Reclam jun. Verlag GmbH
Umschlagabbildung: Margaret Loxton, *Winter of the Convent* –

Gestaltung: Cornelia Feyll, Friedrich Forssman
Druck und Bindung: Druckerei C.H.Beck,
Bergerstraße 3–5, 86720 Nördlingen
Printed in Germany 2025
RECLAM, UNIVERSAL-BIBLIOTHEK und
RECLAMS UNIVERSAL-BIBLIOTHEK sind eingetragene Marken
der Philipp Reclam jun. GmbH & Co. KG, Stuttgart
ISBN 978-3-15-014719-1
reclam.de

FSC www.fsc.org MIX Papier | Fördert gute Waldnutzung FSC® C019821

Inhalt

ROBERT GERNHARDT

Goldene Worte

Drei bis vier Leben gelebt,
keines, das meins war,
und alle simultan –
heut ist mir eins klar:

Biographie meint nicht
›Bleibe du selber‹.
Ochswerden, Ochse sein
ist was für Kälber.

Ist dir dein Leben lieb,
leb aus dem vollen.
Wer dich nur einmal will,
hat nichts zu wollen:

Halte dich querfeldein.
Meide die Herden.
Pfeif auf dein eigenes Ich,
und du wirst gleichzeitig
Dachs bleiben, Windhund sein
und Löwe werden.

HANS CHRISTIAN ANDERSEN

Zwölf mit der Post

Es war eine schneidende Kälte, sternenheller Himmel, kein Lüftchen regte sich.

›Bums!‹ Da wurde ein alter Topf an die Haustüre des Nachbars geworfen. ›Puff, paff!‹ Dort knallte die Büchse; man begrüßte das neue Jahr. Es war Neujahrsnacht! Jetzt schlug die Turmuhr zwölf!

›Trateratra!‹ Die Post kam angefahren. Der große Postwagen hielt vor dem Stadttore an. Er brachte zwölf Personen mit, alle Plätze waren besetzt.

»Hurra! Hurra! Hoch!«, sangen die Leute in den Häusern der Stadt, wo die Neujahrsnacht gefeiert wurde und man sich beim zwölften Schlage mit dem gefüllten Glase erhob, um das neue Jahr leben zu lassen.

»Prost Neujahr!«, hieß es, »ein schönes Weib! Viel Geld! Keinen Ärger und Verdruss!«

Das wünschte man sich gegenseitig, und darauf stieß man mit den Gläsern an, dass es klang und sang – und vor dem Stadttore hielt der Postwagen mit den fremden Gästen, den zwölf Reisenden.

Und wer waren diese Fremden? Jeder von ihnen führte seinen Reisepass und sein Gepäck bei sich; ja, sie brachten sogar Geschenke für mich und dich und alle Menschen des Städtchens mit. Wer waren sie, was wollten sie, und was brachten sie?

»Guten Morgen!«, riefen sie der Schildwache am Eingange des Stadttores zu.

»Guten Morgen!«, antwortete diese, denn die Uhr hatte ja zwölf geschlagen.

»Ihr Name? Ihr Stand?«, fragte die Schildwache den von ihnen, der zuerst aus dem Wagen stieg.

»Sehen Sie selbst im Passe nach,« antwortete der Mann. »Ich bin ich!« Und es war auch ein ganzer Kerl, angetan mit Bärenpelz und Pelzstiefeln. »Ich bin der Mann, in den sehr viele Leute ihre Hoffnung setzen. Komm morgen zu mir; ich gebe dir ein Neujahrsgeschenk! Ich werfe Groschen und Taler unter die Leute, ja ich gebe auch Bälle, volle einunddreißig Bälle, mehr Nächte kann ich aber nicht daraufgehen lassen. Meine Schiffe sind eingefroren, aber in meinem Arbeitsraum ist es warm und gemütlich. Ich bin Kaufmann, heiße Januar und führe nur Rechnungen bei mir.«

Nun stieg der Zweite aus, der war ein Bruder Lustig; er war Schauspieldirektor, Direktor der Maskenbälle und aller Vergnügungen, die man sich nur denken kann. Sein Gepäck bestand aus einer großen Tonne.

»Aus der Tonne«, sagte er, »wollen wir zur Fastnachtszeit die Katze herausjagen. Ich werde euch schon Vergnügen bereiten und mir auch; alle Tage lustig! Ich habe nicht gerade lange zu leben; von der ganzen Familie die kürzeste Zeit; ich werde nämlich nur achtundzwanzig Tage alt. Bisweilen schalten sie mir zwar auch noch einen Tag ein – aber das kümmert mich wenig, hurra!«

»Sie dürfen nicht so schreien!«, sagte die Schildwache.

»Ei was, freilich darf ich schreien«, rief der Mann, »ich bin Prinz Karneval und reise unter dem Namen Februarius.«

Jetzt stieg der Dritte aus; er sah wie das leibhaftige Fasten aus, aber er trug die Nase hoch, denn er war verwandt mit den ›vierzig Rittern‹ und war Wetterprophet. Allein das ist kein fettes Amt, und deshalb pries er auch die Fasten. In einem Knopfloche trug er auch ein Sträußchen Veilchen, auch diese waren sehr klein.

»März! März!«, rief der Vierte ihm nach und schlug ihn auf die Schulter; »riechst du nichts? Geschwind in die Wachstube hinein, dort trinken sie Punsch, deinen Leib- und Labetrunk; ich rieche es schon hier außen. Marsch, Herr Martius!« – Aber es war nicht wahr, der wollte ihn nur den Einfluss seines Namens fühlen lassen, ihn in den April schicken; denn damit begann der Vierte seinen Lebenslauf in der Stadt. Er sah überhaupt sehr flott aus; arbeiten tat er nur sehr wenig; desto mehr aber machte er Feiertage. »Wenn es nur etwas beständiger in der Welt wäre«, sagte er; »aber bald ist man gut, bald schlecht gelaunt, je nach Verhältnissen; bald Regen, bald Sonnenschein; ein- und ausziehen! Ich bin auch so eine Art Wohnungsvermietunternehmer, ich kann lachen und weinen, je nach Umständen! Im Koffer hier habe ich Sommergarderobe, aber es würde sehr töricht sein, sie anzuziehen. Hier bin ich nun! Sonntags geh ich in Schuhen und weißseidenen Strümpfen und mit Muff spazieren.«

Nach ihm stieg eine Dame aus dem Wagen. Fräulein Mai nannte sie sich. Sie trug einen Sommermantel und Überschuhe, ein lindenblattartiges Kleid, Anemonen im Haare, und dazu duftete sie dermaßen nach Waldmeister, dass die Schildwache niesen musste. »Zur Gesundheit und Gottes Segen!«, sagte sie, das war ihr Gruß. Wie sie niedlich war! Und Sängerin war sie, nicht Theatersängerin, auch nicht Bänkelsängerin, nein, Sängerin des Waldes; – den frischen, grünen Wald durchstreifte sie und sang dort zu ihrem eigenen Vergnügen.

»Jetzt kommt die junge Frau!«, riefen die drinnen im

Wagen, und aus stieg die junge Frau, fein, stolz und niedlich. Man sah es ihr an, dass sie, Frau Juni, von faulen Siebenschläfern bedient zu werden gewohnt war. Am längsten Tage des Jahres gab sie große Gesellschaft, damit die Gäste Zeit haben möchten, die vielen Gerichte der Tafel zu verzehren. Sie hatte zwar ihren eigenen Wagen; allein sie reiste dennoch mit der Post wie die andern, weil sie zeigen wollte, dass sie nicht hochmütig sei. Aber ohne Begleitung war sie nicht; ihr jüngerer Bruder Julius war bei ihr.

Er war ein wohlgenährter Bursche, sommerlich angekleidet und mit Panamahut. Er führte nur wenig Gepäck bei sich, weil dies bei großer Hitze zu beschwerlich sei; deshalb hatte er sich nur mit einer Schwimmhose versehen, und dies ist nicht viel.

Darauf kam die Mutter selbst, Madame August, Obsthändlerin en gros, Besitzerin einer Menge Fischteiche, sie war dick und heiß, fasste selbst überall an, trug eigenhändig den Arbeitern Bier auf das Feld hinaus. »Im Schweiße deines Angesichtes sollst du dein Brot essen!«, sagte sie, »das steht in der Bibel. Hinterdrein kommen die Spazierfahrten, Tanz und Spiel und die Erntefeste!« Sie war eine tüchtige Hausfrau.

Nach ihr stieg wieder ein Mann aus der Kutsche, ein Maler, Herr Koloriermeister September; der musste den Wald bekommen; die Blätter mussten Farbe wechseln, aber wie schön; wenn er es wollte, schillerte der Wald bald in Rot, Gelb oder Braun. Der Meister pfiff wie der schwarze Star, war ein flinker Arbeiter und wand die blaugrüne Hopfenranke um seinen Bierkrug. Das putzte den Krug, und für Ausputz hatte er gerade Sinn. Da stand er nun mit seinem Farbentopfe, der war sein ganzes Gepäck!

Ihm folgte der Gutsbesitzer, der an den Saatmonat, an das Pflügen und Beackern des Bodens, auch an die Jagdvergnügungen dachte; Herr Oktober führte Hund und Büchse mit sich, hatte Nüsse in seiner Jagdtasche – ›knick, knack!‹ Er hatte viel Reisegut bei sich, sogar einen englischen Pflug; er sprach von der Landwirtschaft; aber vor lauter Husten und Stöhnen seines Nachbars vernahm man nicht viel davon.

Der November war es, der so hustete, während er ausstieg. Er war sehr mit Schnupfen behaftet; er putzte sich fortwährend die Nase, und doch, sagte er, müsse er die Dienstmädchen begleiten und sie in ihre neuen Winterdienste einführen; die Erkältung, meinte er, verliere sich schon wieder, wenn er ans Holzmachen ginge, und Holz müsse er sägen und spalten; denn er sei Sägemeister der Holzmacherinnung.

Endlich kam der letzte Reisende zum Vorschein, das alte Mütterchen Dezember mit der Feuerkiepe; die Alte fror, aber ihre Augen strahlten wie zwei helle Sterne. Sie trug einen Blumentopf auf dem Arme, in dem ein kleiner Tannenbaum eingepflanzt war. »Den Baum will ich hegen und pflegen, damit er gedeihe und groß werde bis zum Weihnachtsabend, vom Fußboden bis an die Decke reiche und emporschieße mit flammenden Lichtern, goldenen Äpfeln und ausgeschnittenen Figürchen. Die Feuerkiepe wärmt wie ein Ofen; ich hole das Märchenbuch aus der Tasche und lese laut aus ihm vor, dass alle Kinder im Zimmer still, die Figürchen an dem Baume aber lebendig werden und der kleine Engel von Wachs auf der äußersten Spitze die Flittergoldflügel ausbreitet, herabfliegt vom grünen Sitze und klein und groß im Zimmer küsst, ja, auch die armen

Kinder küsst, die draußen auf dem Flure und auf der Straße stehen und das Weihnachtslied von dem Bethlehemsgestirne singen.«

»So! Jetzt kann die Kutsche abfahren«, sagte die Schildwache, »wir haben sie alle zwölf. Der Beiwagen mag vorfahren!«

»Lass doch erst die Zwölf zu mir herein!«, sprach der Wachhabende, »einen nach dem andern! Die Pässe behalte ich hier; sie gelten jeder einen Monat; wenn der verstrichen ist, werde ich das Verhalten auf dem Passe bescheinigen. Herr Januar, belieben Sie näher zu treten.«

Und Herr Januar trat näher.

Wenn ein Jahr verstrichen ist, werde ich dir sagen, was die zwölf uns allen gebracht haben. Jetzt weiß ich es noch nicht, und sie wissen es wohl selbst nicht – denn es ist eine seltsam unruhige Zeit, in der wir leben.

ANATOLE FRANCE

Der kleine Schornsteinfeger oder Wohlangebrachte Mildtätigkeit

Horteur, der Begründer des ›Etoile‹, der politische und literarische Leiter der *Revue Nationale* und des *Nouveau Siècle illustré*, hatte mich in seinem Arbeitskabinett empfangen und sagte mir von der Höhe seines Direktionssitzes aus:

»Mein lieber Marteau, machen Sie mir eine Erzählung für meine Extranummer des *Nouveau Siècle*. Dreihundert Zeilen für den Neujahrstag. Etwas recht Lebendiges, mit einem Hauch von Aristokratie.«

Ich erwiderte Horteur, dass ich nicht der rechte Mann dazu sei, wenigstens nicht in dem Sinne, wie er es meine, aber ich wolle ihm wohl eine Erzählung schreiben.

»Ich möchte gern, dass Sie es ›Eine Geschichte für die Reichen‹ nennen würden.«

»Mir wäre lieber: ›Eine Geschichte für die Armen‹.«

»Sehen Sie, ich meine es so. Es soll eine Erzählung sein, die den Reichen Mitleid für die Armen einflößt.«

»Aber ich will gerade nicht, dass die Reichen Mitleid mit den Armen hegen.«

»Sonderbar!«

»Nein, nicht sonderbar, sondern gerechtfertigt. Ich halte das Mitleid der Reichen für die Armen für beleidigend, es ist aller humanen Brüderlichkeit entgegen. Wenn Sie wollen, dass ich zu den Reichen sprechen soll, so werde ich ihnen sagen: ›Verschont die Armen mit eurem Mitleid! Sie haben mehr als genug davon, was sollen sie damit? Warum Mitleid und nicht Gerechtigkeit? Ihr seid in ihrer Schuld.

Das ist nicht Gefühlssache, sondern eine volkswirtschaftliche Frage. Wenn das, was ihr ihnen willig gebt, dazu angetan ist, ihre Armut und euern Reichtum zu verlängern, so ist die Gabe ungerecht, und die Tränen, mit denen ihr sie benetzt, können sie nicht besser machen.‹ ›Zurückerstatten müssen wir‹, sagte der Prokurator zum Richter nach der Predigt des guten Mönches Maillard. Ihr gebt Almosen, um nicht zu geben, was ihnen von Rechts wegen zukommt. Ihr gebt wenig, um viel zu behalten, und ihr preist euch glücklich.‹ Auch der Tyrann von Samos warf seinen Ring in das Meer, aber die Nemesis [die Rache] der Götter nahm diese Gabe nicht an. Ein Fischer brachte dem Tyrannen den Ring in dem Leibe eines Fisches zurück. Und Polykrates [der Tyrann] wurde all seiner Güter beraubt.«

»Sie scherzen.«

»Ich scherze nicht. Ich will den Reichen begreiflich machen, dass ihre Wohltaten nur eine Rabattzahlung sind und ihre Großmut wohlfeil ist, dass ihre Gläubiger nur darüber lachen und dass sie sich auf diese Weise ihrer Schuld nicht entledigen können. Dieser Wink wird ihnen heilsam sein.«

»Und solche Ideen wollen Sie im *Nouveau Siècle* entwickeln und mir damit das Blatt zugrunde richten! Nichts dergleichen, lieber Freund, nichts dergleichen.«

»Warum sollte der Reiche gegen die Armen anders handeln als den Reichen und Mächtigen gegenüber? Denen zahlt er, was er ihnen schuldet, und wenn er ihnen nichts schuldet, so zahlt er auch nicht. Das ist Rechtschaffenheit. Wenn das aber recht und billig ist, so soll er mit den Armen ebenso verfahren. Sagen Sie mir nicht, dass die Reichen den Armen nichts schuldig seien. Ich glaube nicht, dass ein einziger Reicher so denkt. Aber über die Größe der Schuld sind sie im Zweifel. Und man hat es nicht eilig, sich Gewissheit darüber zu verschaffen, man zieht es vor, sich eine unbestimmte Vorstellung davon zu machen. Man weiß, man schuldet, aber man weiß nicht wie viel, und man zahlt von Zeit zu Zeit eine kleine Abschlagssumme. Das heißt dann Wohltätigkeit und bringt obendrein Vorteil.«

»Was Sie sagen, mein verehrter Kollege, hat keinen Sinn. Ich bin vielleicht ein entschiedenerer Sozialist als Sie, aber ich bin praktisch. Ein Leiden mildern, eine Existenz verlängern, ein Teilchen der sozialen Ungerechtigkeit wiedergutmachen, das ist ein Resultat. Das wenige Gute, was man tut, ist doch getan. Es ist nicht viel, aber etwas. Wenn die kleine Erzählung, die ich von Ihnen wünsche, auch nur hundert meiner reichen Abonnenten rührt und sie zum Geben veranlasst, so wird hundertmal Armut und Leiden gelindert. Auf diese Weise gelangen wir allmählich da hin, das Los der Armen erträglicher zu machen.«

»Ist es gut, dass das Los der Armen erträglich werde? Die Armut ist dem Reichtum unentbehrlich, der Reichtum ist der Armut notwendig. Diese beiden Übel entstehen eines aus dem andern und unterhalten sich gegenseitig. Man soll das Los der Armen nicht verbessern, das Los der Armen muss aufhören. Ich werde die Reichen nie dazu verleiten, Almosen zu geben, denn ihr Almosen ist vergiftet. Almosen tun den Gebern gut, nicht den Empfängern. Der Reichtum ist schon an und für sich grausam, er soll sich nicht noch obendrein in das trügerische Gewand der Sanftmut kleiden. Da Sie wünschen, dass ich eine Geschichte für die Reichen schreibe, so werde ich ihnen sagen:

›Eure Armen sind eure Hunde, die ihr nährt, damit sie beißen. Die Unterstützten bilden für die Besitzenden eine

Meute, die die Proletarier ankläfft. Die Reichen geben nur denen, die fordern. Die Arbeitsamen fordern nichts und bekommen auch nichts.‹«

»Aber die Waisen, die Invaliden und Greise? …«

»Sie alle haben das Recht zu leben. Ich werde nicht Mitleid für sie erwecken, sondern ihr gutes Recht verlangen.«

»Das alles ist reine Theorie. Kommen wir zur eigentlichen Sache zurück. Sie werden mir eine kleine Geschichte anlässlich der Neujahrsgaben schreiben. Sie können ja gern eine kleine sozialistische Pointe darin anbringen. Der Sozialismus ist jetzt in der Mode. Er gehört mit zur Eleganz. Ich spreche, wohlverstanden, nicht von dem Sozialismus eines Guesde oder eines Jaurès, sondern von dem Sozialismus, den die Leute der großen Welt mit Geschick und Geist dem Kollektivismus entgegensetzen. Bringen Sie mir in Ihrer Erzählung junge Gestalten. Sie soll illustriert werden, und man sieht gern angenehme Bilder. Stellen Sie in den Vordergrund ein junges Mädchen, ein allerliebstes junges Mädchen. Das ist doch nicht schwierig?«

»Nein, durchaus nicht.«

»Könnten Sie in der Erzählung nicht vielleicht auch einen kleinen Schornsteinfeger anführen? Ich habe da gerade eine fertige Illustration, einen Farbstich, der darstellt, wie ein junges Mädchen auf den Stufen der [Kirche] Madeleine einem kleinen Schornsteinfeger ein Almosen reicht. Es wäre eine vortreffliche Gelegenheit, das anzubringen … Es schneit …, ihn friert …, das niedliche Mädchen übt Barmherzigkeit an dem kleinen Schornsteinfeger … Sehen Sie die Szene vor sich?«

»Ja, ich sehe es.«

»Gut, so schmücken Sie dies Thema aus.«

»Das werde ich tun ... Der kleine Schornsteinfeger wirft sich in begeisterter Dankbarkeit dem niedlichen Fräulein an den Hals. Die junge Schöne ist keine andere als die leibhaftige Tochter des Grafen Linotte. Er gibt ihr einen Kuss und stempelt die Wange des reizenden Kindes mit einem kleinen, rußigen O, einem allerliebsten, ganz runden, tiefschwarzen O ... Er liebt sie, und Edmée (sie heißt Edmée) ist nicht unempfindlich gegen ein so aufrichtiges, treuherziges Gefühl ... Mir scheint, die Sache ist außerordentlich rührend.«

»Ja, Sie werden etwas daraus machen können.«

»Sie ermutigen mich also fortzufahren ... Als Edmée in ihre herrliche Wohnung am Boulevard Malesherbes zurückgekehrt ist, fühlt sie zum ersten Mal eine heftige Abneigung, sich zu waschen, gar zu gern möchte sie den Abdruck der Lippen, die auf ihrer Wange geruht haben, behalten. Der kleine Schornsteinfeger aber ist ihr bis zur Schwelle des Hauses gefolgt und steht in Verzückung unter den Fenstern des jungen Mädchens ... Geht es so?«

»Ja, ausgezeichnet!«

»Ich fahre fort ... Am andern Morgen sieht Edmée von ihrem weißen Bettchen aus, wie der Schornsteinfeger aus dem Kamin herausschlüpft. Er wirft sich unbefangen auf das entzückende Mädchen und bedeckt es über und über mit kleinen, rußigen O's. Ich vergaß noch zu sagen, dass er außerordentlich schön ist. Die Gräfin Linotte überrascht ihn bei seiner süßen Arbeit. Sie ruft und schreit um Hilfe. Aber er ist so vertieft, dass er nichts hört noch sieht.«

»Mein lieber Marteau! ...«

»Er ist so vertieft, dass er nichts hört noch sieht. Der Graf eilt herbei. Er ist ein echter Edelmann, so ergreift er denn den kleinen Schornsteinfeger beim Hosenboden, der sich gerade seinen Augen darbietet, und wirft ihn zum Fenster hinaus.«

»Mein lieber Marteau! ...«

»Ich fasse mich kurz ... Neun Monate später heiratete der kleine Schornsteinfeger die adlige junge Dame. Und es war hohe Zeit ... Das sind die Folgen einer wohlangebrachten Mildtätigkeit!«

»Mein lieber Marteau, jetzt haben Sie sich aber genug über mich lustig gemacht.«

»Glauben Sie das nicht. Ich komme zum Schluss ... Nachdem der kleine Schornsteinfeger Fräulein von Linotte geheiratet hatte, wurde er päpstlicher Graf und ruinierte sich bei den Rennen. Heute ist er Rauchfangsachverständiger in Montparnasse in der Rue de la Gaité. Seine Frau hat einen Laden und verkauft Salamander zu 18 Francs, die in acht Monaten zahlbar sind.«

»Mein lieber Marteau, das ist durchaus nicht lustig.«

»Gemach, mein lieber Horteur! Was ich Ihnen soeben erzählte, ist im Grunde ›der Fall eines Engels‹ von Lamartine oder *L'Eloa* von Alfred de Vigny. Alles in allem hat das mehr Wert als Ihre kleinen larmoyanten Geschichten, die den Leuten vorspiegeln, sie seien gut, und doch sind sie es nicht, sie erwiesen Wohltaten, und doch tun sie das nicht. Sie machen es sich leicht, barmherzig zu sein, und doch ist es das schwerste Ding von der Welt. Meine Geschichte ist moralisch. Außerdem ist sie optimistisch gehalten und endet gut. Denn Edmée fand in dem Laden in der Rue de la Gaité das Glück, nach dem sie vergeblich gesucht hätte inmitten der Zerstreuungen und Feste, wenn sie einen Offizier oder einen Diplomaten geheiratet hätte ... Nun, mein lieber Direktor, ist die Sache abgemacht, nehmen Sie ›Edmée‹ oder ›Wohlangebrachte Mildtätigkeit‹ für den *Nouveau Siècle illustré*?«

»Sie sehen aus, als fragten Sie mich das im Ernst?«

»Ich frage Sie allerdings in allem Ernst. Wenn Sie meine Geschichte nicht wollen, so werde ich sie eben anderswo veröffentlichen.«

»Wo?«

»In einem Familienblatt.«

»Da kämen Sie schön an.«

»Das werden wir ja sehen.«

SELMA LAGERLÖF

Der erste im ersten Jahr des zwanzigsten Jahrhunderts

Es war am Neujahrsmorgen des Jahres 1900. Die Uhr zeigte fast die neunte Stunde, aber im Kirchspiel Svartsjö in Wermland war es noch beinah ganz dunkel. Die Sonne war noch nicht über die langgestreckten niedrigen Waldfirste emporgestiegen.

Gerade als die Glocke schlug, öffnete sich die Tür zum Pfarrhof, und der Pfarrer trat heraus, um in die Kirche zu gehen. Doch als er die Treppe hinuntergegangen war, blieb er stehen, um auf jemanden zu warten. Er war ein junger und eifriger Mann; er stand da und stampfte den Schnee wie ein ungeduldiges Pferd.

Endlich zeigte sich seine Frau in der Tür. Sie war erstaunt, dass er sich die Zeit genommen hatte, auf sie zu warten. »Das ist schön, dass du gewartet hast«, sagte sie. – »Nein«, antwortete der Mann und lächelte, »das ist nicht schön. Ich möchte mit dir über etwas sprechen.«

Die Glocken der Svartsjöer Kirchen begannen zu läuten, als er dies sagte. Er trat näher an die Frau heran und fragte sie, ob sie höre, dass gerade jetzt die Glocken in Löfwik am andern Ufer des Sees und dort oben in Bro auch läuteten?

»Es ist etwas Schönes um allen diesen Glockenklang«, sagte der Pfarrer. – »Ja«, sagte sie, »ja, so ist es.« – »Hast du daran gedacht, dass sie heute Nacht in jeder Kirche in ganz Wermland das neue Jahr eingeläutet haben? Die großen Erzschlünde haben es in die dunkle Winternacht hinausgerufen, von den kleinen Kapellchen in Finmarken gerade so wie vom Domkirchenturm in Karlstad.« – »Ja«, sagte sie, »daran hab ich auch gedacht.«

»Aber nicht nur in Wermland …«, sagte der Pfarrer. »In ganz Schweden sind heute Nacht die Kirchenglocken erklungen, ja, auf einem großen Teil der Erde.« – »Ja, das wird schon so sein«, sagte die Pastorin und wusste nicht recht, worauf der Mann hinauswolle.

»Das neue Jahr, das heute Nacht geboren wurde, hat noch kaum etwas andres erlebt als dies Glockengeläute«, fuhr der Pfarrer fort. »Zuerst lag es ein wenig schlaftrunken und verschüchtert oben in den Wolken und wiegte sich und konnte in der tiefen Finsternis gar nicht sehen, woher es gekommen wäre. Da begegnete ihm der Glockenklang, der zu ihm hinaufdrang: stark und volltönig aus den großen Städten, wo die Kirchen einander nahe stehen, schwächer und gleichsam rührend eintönig aus den kleinen verstreuten Dorfkirchlein. Ich lag heute Morgen da und dachte daran, seit wir vom Mitternachtsgottesdienst heimkamen. Als wir nach der Kirche heimgingen, da hast du etwas gesagt, was mich nicht schlafen ließ.«

Die Frau wusste sofort, was er meinte. Auf dem Heimweg hatten sie von der alten versperrten und versiegelten Truhe gesprochen, die Magister Eberhard Berggren vor achtzig Jahren in die Svartsjöer Kirche gestellt hatte, mit der Vorschrift, dass sie nicht vor dem Neujahrstag des Jahres neunzehnhundert geöffnet werden dürfe. Die Frau hatte gesagt, sie finde es unrecht, dass sie jetzt hervorgenommen und geöffnet werden solle. Jedermann wusste ja, dass die Truhe nichts andres enthielt als Schriften des Unglaubens und der Gottesleugnung.

Doch der Pfarrer hatte gemeint, wenn das Kirchspiel

einmal die Truhe in seine Obhut genommen und versprochen hätte, Magister Eberhards Willen zu erfüllen, so könnte man nicht umhin, sie zu öffnen. Niemand wüsste ja auch so recht, was eigentlich darin wäre.

»Ich habe gehört, dass der alte Eberhard ein Gottesleugner war«, hatte die Frau geantwortet. – Ja, das hatte der Pastor auch gehört. – »Wär ich du«, beharrte die Pastorin auf ihrer Meinung, »ich würde erwirken, dass die Gemeinde beschlösse, die Truhe stehen zu lassen, wie sie steht.« – »Nein, aber Frau«, fiel da der Pfarrer ein, »willst du mich vielleicht glauben machen, dass dieser alte Ekebykavalier imstande sein könnte, auch nur einen einzigen Menschen in seinem Gottesglauben zu erschüttern?«

Das hatte die Pastorin zugegeben. Sie glaubte nicht, dass die Schriften gefährlich seien, aber sie meinte, es sei hässlich, dass sie durch einen christlichen Geistlichen und seine Gemeinde ans Licht gezogen werden sollten. Es läge etwas Anstößiges darin. Er könnte seinen Pfarrkindern doch wenigstens vorschlagen, die Truhe ungeöffnet zu lassen.

»Aber es ist eines toten Mannes Wille«, hatte der Pfarrer geantwortet; und als die Frau sah, dass sie sich nicht einigen konnten, hatte sie geschwiegen.

Als ihr nun der Mann sagte, dass ihre Worte ihn so früh am Morgen geweckt hätten, da wurde sie sehr froh und fragte sogleich, ob er zu ihrer Meinung übergegangen sei.

»Das wird davon abhängen, was ich dich jetzt fragen will.« – »Ja, ich werde dir gewiss nicht meine Zustimmung geben, diese Truhe zu öffnen.« – Der Pfarrer lachte. – »Dessen sollst du nicht so gewiss sein«, sagte er.

»Ich erwachte sehr früh«, fuhr der Pfarrer fort, »und rieb sogleich ein Zündhölzchen an. Die Glocke schlug drei, und das Erste, was ich dachte, war, dass heute Nacht das neunzehnte Jahrhundert zu Ende gegangen ist und dass wir jetzt neunzehnhundert schreiben. Und dabei musste ich an den Glockenschlag denken, der die Nacht erfüllte, und an das neugeborne Jahr, das da lag und lauschte. Wie ich so im Halbschlummer lag, sah ich deutlich vor mir, dass das alte Jahr irgendwo im fernen Osten auf einem Scheiterhaufen verbrannt worden war, und das neue Jahr war aus der Asche hervorgekrochen und hatte die Flügel ausgebreitet und war ausgezogen, die Welt in Besitz zu nehmen. Jetzt wiegt es sich wohl in dem Glockenklang der Klöster und Kirchen Palästinas, dachte ich. Es braucht die Flügel gar nicht zu bewegen, dachte ich weiter. Es hält sie nur ausgespannt, und dann kommen die Tonwellen und ergreifen es und wiegen es von einem Land zum andern. Ja, es liegt nur da und wiegt und schaukelt sich. In der Dunkelheit weiß es gar nicht, wohin es kommt. Alles, was es vernimmt, ist Glockenklang, und vielleicht noch Kirchengesang, Orgelton und die Schritte derer, die zur Christmette wandern.

›Das neue Jahr wird fühlen, dass es über heiliger Erde schwebt‹, dachte ich. Und ich fühlte mich ganz gerührt, wie ich da lag. Jetzt ist es über die Sankt Peterskirche in Rom gewiegt worden, und dann ist es über die Alpen nach Deutschland hinaufgeflattert. Später am Tag wird es bis zu uns heraufschweben.

Aber während ich so sann, wurde mir ganz weich zumute, und da kamen deine Worte mir wieder in den Sinn. Wenn also das neue Jahr über Wermland und Svartsjö geschwebt käme, dann sollte es hier einen Priester und seine Gemeinde sehen, die eine Truhe mit Schriften des Unglaubens öffneten. Und es schien mir sehr traurig, dass es so etwas schauen sollte, nach all dem Schönen, das es bisher erlebt hat. In Rom bei den Katholiken hatte es den Papst die heilige Pforte öffnen und das Jubeltor einweihen sehen, und hier oben im Norden sollte es uns den Riegel öffnen sehen, der Zweifel und Gottesleugnung einschloss. Das neue Jahr wird eine zu schlechte Meinung von uns bekommen«, sagte ich. »Es geht einfach nicht an, diese Truhe zu öffnen.«

»Siehst du wohl! Ich wusste, dass du zu meiner Partei übergehen würdest«, sagte die Pastorin.

»Es hat nicht viel daran gefehlt«, sagte der Pfarrer; »aber gleich darauf stand es mir wieder vor Augen, wie unmöglich es sei, gegen eines toten Mannes Willen zu handeln. Ja, es war unmöglich – das eine wie das andre: die Truhe zu öffnen wie sie geschlossen zu lassen. Und ich begann mich zu fragen, ob es denn keinen Ausweg gäbe. Wenn man eine Sache nur lange genug überdenkt, pflegt man schließlich doch herauszufinden, was das Rechte ist. Ich lag da und grübelte stundenlang. Ich dachte alles durch, was ich vom Magister Eberhard Berggren wusste, um Klarheit darüber zu gewinnen, was er in diese Truhe gelegt haben mochte.«

»Hast du es also herausgebracht?«

»Ich glaube wohl, dass ich es herausgebracht habe, aber ich will auch deine Meinung hören.«

»Die kennst du schon«, sagte die Frau eigensinnig.

»Das sollst du nicht so bestimmt sagen«, meinte der Pfarrer. »Du solltest zuerst versuchen, dich in die Sache hineinzudenken. Du solltest versuchen, dich in Magister Eberhards Gedanken zu versetzen. Das hab ich heute Morgen getan. Wenn du nun ein alter Mann wärst, sagte ich zu mir selbst, wenn du Magister Eberhard Berggren wärst, ein alter gelehrter Mann, der nicht an Gott glaubte! Ich versuchte mir einzubilden, dass ich mein ganzes Leben am Schreibtisch verbracht hatte, ohne Unterlass denkend und schreibend. Ich dachte mir, ich hätte Jahr für Jahr in einer Ecke des Kavalierflügels auf Ekeby gesessen, mit Büchern und Papieren rings um mich – und Leben und Scherz, Sang und Spiel waren durch die Räume erbraust, aber ich hätte ganz still und stumm hinter einer Mauer von Büchern gesessen und gearbeitet.

Und dann dachte ich mir weiter, dass ich nach vielen, unendlich vielen und langen Jahren endlich mit meiner Arbeit fertig geworden wäre. Und ich hätte ihr alle meine Lebenskräfte geopfert. Ich wäre alt und müde geworden, und in letzter Zeit hätte ich auch angefangen zu kränkeln. Ich hätte zuweilen brennende Schmerzen in der rechten Seite gespürt, in der Gegend der Leber, obgleich ich mir gar nicht die Zeit genommen hätte, mich darum zu bekümmern. Ja, ich hätte wohl gar nicht daran gedacht, was das Werk mich gekostet hätte: Ich wäre nur glücklich gewesen, es vollendet zu haben.

Ich wäre auch natürlich ganz überzeugt gewesen, dass alles ganz vollkommen sei, dass nichts fehle. Allen andern Philosophen hätte man irgendeine Lücke im Gedankengang nachgewiesen, aber so etwas könnte mir nicht passieren. Ich hätte meine eigne Philosophie gefunden, und die sei ganz ohne Makel. Sie sei sicher und fest vom Grund bis zur Turmspitze.

Ja, ich versuchte mich noch weiter in die Sache hineinzudenken«, fuhr der Pfarrer fort. »Wenn ich nun mein Buch fertig hätte, was würde ich damit anfangen? Es wäre ja das Allereinfachste, es gleich in die Druckerei zu schicken. Aber wenn ich solch ein alter Mann wäre, würde ich mir die Sache sicherlich überlegen. Ich würde sie mir deshalb überlegen, weil ich sehr wohl wüsste: Sobald meine Philosophie bekannt würde, könnte niemand ihr widerstehen. Alle Menschen würden dann auf einmal aufhören, an Gott zu glauben; und die Hoffnung auf ein ewiges Leben würden sie gleichfalls verlieren. Und ich müsste mir doch sagen, dass eine ganze Menge von jenen, die ich gekannt und geliebt, dies als ein großes Unglück empfinden würde. Die Menschen sind schwach, würde ich mir selbst sagen, sie können die Wahrheit nicht ertragen. Und so allmählich würde ich dahin kommen, dass ich den Entschluss fasste, mein Buch zu verwahren und es erst einige Zeit nach meinem Tod an den Tag kommen zu lassen. Wenn ich es bis zum Jahr neunzehnhundert verwahrte, dann müsste wohl ein neues Geschlecht herangewachsen sein, das das Licht der Wahrheit besser ertragen könnte. Ich glaube, es wäre gar nicht unmöglich, dass ich einen solchen Entschluss fassen würde, wenn ich solch ein alter Mann wäre«, sagte der Pfarrer und sah seine Frau an, ihrer Zustimmung gewiss.

»Ach nein«, antwortete sie, »so ganz unmöglich wäre das wohl nicht.«

»Wie ich so in der Dunkelheit dalag, glaubte ich sein Leben ganz zu durchleben«, fuhr der Pfarrer fort. »Wo sollte ich nun fürs Erste das Manuskript hinterlegen? In einem der Herrenhöfe könnte ich es nicht aufbewahren. Die sind alle aus Holz; früher oder später könnten sie verbrennen, und dann wäre meine Arbeit verloren. Und wenn ich es in einen Keller legte, dann würde die Feuchtigkeit es ebenso sicher zerstören, wie es nur je das Feuer vermöchte.

Nein, der einzige sichere Aufbewahrungsort, den ich

mir denken könnte, wäre wohl eine der Kirchen in Bro oder Svartsjö, die aus Stein erbaut sind. Nun muss ich sagen: Wenn ich ein solcher alter Heide wäre, dann würde ich wohl eine gewisse Abneigung dagegen empfinden, meine Arbeit in einer Kirche aufzubewahren. Aber ich würde mich schon bald mit dem Gedanken trösten: Wenn ich so sicher weiß, dass es keinen Gott gibt, kann ich meine Arbeit schließlich ebenso gut in eine Kirche legen wie in irgendein andres Gebäude.

Ja, den Tag, an dem ich alles fertig hätte, so dass ich meine große Dokumententruhe in den Schlitten legen und mit ihr nach Svartsjö fahren könnte, würde ich sicherlich als einen großen Festtag ansehen. Denn ich glaube, wenn ich ein so alter umsichtiger Mann wäre, würde ich meine Truhe lieber in Svartsjö verwahren als in Bro, weil der Vikar in Svartsjö ein viel nachgiebigerer Mann war als der Propst in Bro. Ja, wahrhaftig – wäre ich nicht vergnügt an diesem Wintertag, wenn ich bei guter Schlittenbahn mit einem flinken Pferd von Ekeby fortführe? Wenn ich auch in den letzten Tagen jene innerlichen Schmerzen gespürt hätte, so wüsste ich doch ganz genau, dass sie an einem Tag wie diesem ganz wie fortgeblasen wären. Ich würde nur dasitzen und denken, welche Wirkung es haben müsste, wenn mein Buch einmal in die Welt hinauszöge, und wie berühmt mein Name da auf einmal sein würde. Das ganze Jahr neunzehnhundert würden die Menschen von niemand anders sprechen als von Eberhard Berggren.

Aber obgleich ich so stolze Gedanken hätte, während ich so über die Straße kutschierte, würde ich doch einen Wandrer bemerken, der mit dem Ränzel auf dem Rücken und einem großen Bügeleisen in der Hand am Wegesrand ginge. Und ich würde zu mir selbst sagen: Sieh da! Da geht der alte lustige Schneider Lilje! Der arme Teufel muss das Ränzel und das Bügeleisen schleppen. Ich will ihn doch fragen, ob er nicht ein Stück in meinem Schlitten fahren will.

Und nun stelle ich mir dies vor: Wenn Schneider Lilje das Bügeleisen und das Ränzel in den Schlitten gelegt und sich selbst auf die Kufen gestellt hätte, würden er und ich bald ins Gespräch kommen.

Schneider Lilje würde fragen, wohin ich denn mit der schönen Truhe wolle, und ich würde es nicht lassen können, ihm zu erzählen, was darin sei. ›Sieht er, Lilje‹, würde ich wohl sagen, ›diese Truhe enthält das große Buch, das ich geschrieben habe, und jetzt fahre ich damit zur Svartsjöer Kirche und verwahre es dort. Wir wollen die Truhe versperren und versiegeln, der Pfarrer und ich; und niemand darf sie vor dem Jahr neunzehnhundert öffnen.‹

Aber nun würde es mir auffallen, dass Lilje die ganze Zeit still bliebe, und er pflegte doch sonst keine Minute lang schweigen zu können, und dies würde mich so verwundern, dass ich schließlich fragen müsste: ›Was ist denn in ihn gefahren, Lilje, woran denkt er denn?‹ Und siehst du, Frau, wenn Lilje dann antwortete, dass er sich überlege, ob er mich um etwas bitten dürfte, dann würde ich ihm gleich die Erlaubnis geben, frei von der Leber weg zu sprechen.

Wahrscheinlich hätte ich in diesem Augenblicke nicht sehr auf Liljes Geschichte aufgepasst, aber später würde ich mich doch an jedes Wort davon erinnern können. Ich würde mich erinnern, dass Lilje sagte, er habe vor ein paar Tagen einen Landstreicher getroffen, der sterbend am Wegesrand lag. Dieser Mann habe Lilje gebeten, ein kleines Päckchen, das er ihm reichte, in Verwahrung zu nehmen. Er habe ihm aufgetragen, es irgendwo aufzuheben, wo niemand es finden könnte. Er dürfte es nicht vernichten. Und wenn er so alt würde, dass alle, die jetzt lebten, tot wären, dann dürfte er es öffnen, sonst sollte er es einem andern zur Aufbewahrung anvertrauen. Und Lilje habe es nicht übers Herz gebracht, einem Sterbenden seine letzte Bitte abzuschlagen, und habe das Päckchen entgegengenommen.

Nun, wenn mir Lilje all dies erzählt hätte, dann würde ich natürlich gesagt haben: ›Es ist schon gut, Lilje, ich versteh, wo er hinauswill. Er darf das Päckchen hier in meine Truhe legen.‹

Und ich hätte das Pferd angehalten und die Truhe geöffnet, und wir hätten Liljes Päckchen hineingetan. Ich hätte der Sache so wenig Gewicht beigelegt, dass ich es kaum angeschaut hätte. Aber nachher würde ich es wohl oft vor Augen gesehn haben. Es war ein blaues Kuvert ohne Adresse, ohne ein geschriebnes Wort. Es sah aus, als enthielte es Papiere, aber sonst konnte man in keiner Weise erraten, was für Geheimnisse es bergen mochte.

Ja«, sagte der Pfarrer, »heute Morgen versetzte ich mich in die ganze Sache hinein und fand es ganz natürlich, dass alles so zugegangen wäre, und stellte mir auch vor, dass ich, nachdem Lilje bei einem Kreuzweg aus dem Schlitten gestiegen wäre, wohl gar nicht weiter an ihn gedacht, sondern nur in Gedanken mein Buch noch ein letztes Mal durchgegangen und gefunden hatte, dass alles darin makellos und vollendet sei und dass kein Wort geändert zu werden brauche.

Ja, wenn ich in Eberhard Berggrens Haut gesteckt hätte, wäre ich auch nach der Ankunft in Svartsjö und während die Truhe versperrt und versiegelt wurde, in derselben fröhlichen Laune gewesen. Aber wenn mir dann der Pfarrer in Svartsjö gesagt hatte, dies könne ja jederzeit wieder rückgängig gemacht werden, falls es mich reuen sollte, dann hätte ich vielleicht etwas heftig geantwortet, weil es mich geärgert hätte, dass er glaubte, ich hätte mir nicht genau überlegt, was ich tat. ›Nein, Bruder, hier kann keine Reue in Frage kommen‹, hätte ich wohl geantwortet. ›Aber eines verspreche ich dir, Bruder: Wenn dein Gott mich zwingen kann, diese Truhe zu öffnen, dann will ich alles vernichten, was ich gegen ihn geschrieben habe.‹

Und wenn dann der Pfarrer in Svartsjö mich ermahnt hätte, Ihn nicht herauszufordern, der stärker sei als ich, dann hätte ich erwidert, dass ich nur jemanden herausforderte, der bloß in der Einbildung der Menschen existierte.

Glaubst du nicht, dass ich ganz so geantwortet hätte, wenn ich der Magister Eberhard gewesen wäre?«, fragte der Pfarrer und sah die Frau noch einmal Zustimmung heischend an.

»Ach ja«, antwortete die Frau und nickte, »das glaube ich schon. Du bist ja schon völlig so wie der alte Eberhard.«

»Ja, darum handelt es sich eben«, sagte der Pfarrer. »Man muss ganz eins mit dem Mann sein, den man beurteilen soll. Sonst kann man nicht zur Klarheit kommen.«

»Und glaubst du nun nicht«, fuhr er fort, »glaubst du, die du mich kennst, nicht, dass ich mich, wenn ich Eberhard Berggren gewesen wäre, in demselben Augenblick, wo ich mich in den Schlitten setzte, um nach Ekeby zurückzufahren – dass ich mich da nicht tief unglücklich gefühlt hätte? Glaubst du nicht, dass ich eine ganz furchtbare Sehnsucht nach meiner Arbeit empfunden hätte? Obgleich ich mir ja sagen müsste, dass es ein Glück sei, fertig zu sein, wäre ich doch furchtbar niedergeschlagen gewesen. Und glaubst du nicht, dass plötzlich das Alter über mich gekommen wäre und dass die Krankheit, die ich bis dahin durch meinen Willen hatte unterjochen können, mir jetzt so arg zugesetzt hätte, dass ich mich kaum aufrecht zu halten vermochte, bis ich zu Hause anlangte. Nicht wahr, glaubst du nicht auch, dass es so gekommen wäre?«

»Ich kann nicht recht wissen, was ich glauben soll«, sagte die Frau, »aber ich denke schon, dass deine Arbeit dir gefehlt hätte.«

»Ja«, sagte der Pfarrer, »dies alles stellte ich mir heute Morgen so vor. Ich wusste, dass ich nicht nur mein Buch vermissen, sondern dass ich auch furchtbar krank werden würde. Das Übel würde mit so furchtbarer Kraft über mich hereinbrechen, weil solch ein alter Mann, wie ich es wäre, jetzt gar nichts mehr hätte, womit er es zurückdrängen könnte, nichts, wofür er leben müsste, und so bliebe mir nichts anderes übrig, als mich hinzulegen und auf den Tod zu warten.

Du wirst wissen, dass es damals hier im Ort keinen Arzt gab; aber irgendeine weise Frau wäre wohl gerufen worden, und sie hätte die Krankheit erkannt und gesagt, es sei Krebs. Und merkwürdigerweise wäre dies fast als ein Glück angesehen worden; denn damals glaubte man gar nicht, dass diese Krankheit unbedingt zum Tod führen müsse. Es gab nämlich eine alte Familie – Amnérus hieß sie wohl –, und die besaß ein Rezept, das den Krebs heilen konnte. Es wurde als ein großer Schatz betrachtet, streng geheim gehalten und vererbte sich wie ein Majorat in der Familie.

Und nun kannst du dir wohl denken: Frau, wenn ich ein alter kranker Mann wäre, würde ich den ersten Tag benützen, an dem mir so wohl wäre, dass ich in einem Schlitten sitzen könnte, um zu diesen Leuten mit Namen Amnérus zu fahren, die das Rezept besäßen und Heilung für die furchtbaren Qualen hätten.

Nun denke ich mir also, siehst du, Frau, dass ich bei der Familie Amnérus angefahren käme. Sie wohnten tief drinnen im Wald. Es gab keine Felder, keinen Garten, sondern der Wald stand bis dicht ans Haus heran. Und die Menschen dort waren klein und lichtscheu und trugen altväterische Kleider und hatten dünne, piepsende Stimmen.

Ich denke, es würde mir sogleich auffallen, wie erschrocken sie aussähen, da sie mich erblickten. Ich würde zuerst gar nicht begreifen, warum sie davonlaufen zu wollen schienen, wenn ich mein Anliegen vorbrächte. Aber bald würde die Reihe, Angst zu haben, an mir sein. Denn ich würde erfahren, dass der Grund ihres Schreckens der sei, dass sie das Rezept nicht mehr hätten. Ja, was glaubst du, Frau, würde wohl ein armer Kranker fühlen, wenn er hörte, dass dieses Rezept ihnen von einem Knecht gestohlen sei, der in ihrem Dienst gestanden hätte und sich aus irgendeinem Grund an ihnen rächen wollte? Was würde ein Todkranker, der Linderung und Besserung erwartet hätte, denken, wenn sie die Geheimlade des Sekretärs herauszögen, wo sie das Rezept zu verwahren pflegten, und ihm zeigten, dass sie leer sei. Ja, sie sei leer; sie hätten keine Macht mehr über die Krankheit.

Natürlich würde der Kranke sie fragen, ob sie denn die Mischung nicht so gut kennten, dass sie sie ohne Rezept zu bereiten vermöchten. Aber das wäre nicht der Fall. Niemand von ihnen kennte das Heilmittel; denn die Sache wäre so streng geheimgehalten worden, dass immer nur eine

Person sich hätte damit befassen dürfen. Und die unter den Schwestern, die die Bereitung des Heilmittels gekannt hatte, wäre an dem Tag, bevor es gestohlen worden, gestorben. Der Dieb hatte sich gerade diesen Zeitpunkt ausgewählt, sonst hätte er ja keinen Schaden gestiftet. Aber wo der Dieb sich jetzt befände, das wüssten sie nicht. Es wäre ein versoffener wilder Geselle gewesen, vielleicht wäre er schon bei irgendeiner Schlägerei ums Leben gekommen. Nur eines wüssten sie sicher, dass er das Rezept genommen hätte. Denn ehe er fortgegangen wäre, hätte er den Mägden ein blaues Kuvert gezeigt und sich gerühmt, dass die Herrschaft ihn noch vermissen würde.

Und nun weiß ich ganz gewiss: Wenn ich solch ein kranker Mann gewesen wäre, ich würde, wenn ich dies von dem blauen Kuvert gehört hätte, kein Wort weiter gefragt haben, sondern wäre aus dem Zimmer gegangen, hätte mich in den Wagen gesetzt und wäre davongefahren.

Ja, nur davongefahren, Frau, um allein zu sein und die Sache mit mir selbst durchzudenken. Dieses blaue Kuvert, dieses blaue Kuvert, ich würde natürlich sogleich wissen, wo es wäre. Und ich hätte doch erst einige wenige Tage zuvor gesagt: ›Wenn dein Gott mich zwingen kann, diese Truhe zu öffnen, dann –‹ Nein, nein, es wäre nicht zugänglich, dieses Rezept, ohne dass meine ganze Lebensarbeit vernichtet würde. Aber in dieser Arbeit lebte Eberhard Berggren in Jugend und Klarheit; was sonst auf Erden von ihm übrig wäre, das sei nur ein abgelebter Greis. In früheren Tagen hätte Eberhard Berggren seine Arbeit höher geschätzt als Freude und Lust und Liebe. Und dann würde ich wohl die Fäuste ballen und denken –«

Der Pfarrer trat dicht an seine Frau heran. »Du, die du

mich kennst – was, glaubst du, hätte ich beschlossen, wenn ich solch ein alter Mann wäre? Bedenke, dass ich felsenfest glauben würde, dass mein Buch das beste und weiseste Buch sei, das je geschrieben wurde, und bedenke, dass ich glauben würde, dass das Rezept mich unfehlbar gesund machen könne. Sage, wie, glaubst du, hätte ich gehandelt?«

»Ich glaube wohl, du hättest dich dafür entschieden, für dein Buch zu sterben«, sagte die Frau.

»Ja«, sagte der Pfarrer, »ich hätte die Fäuste geballt und gedacht, dass ich dieses Rezept ja gar nicht so notwendig brauchte – ich könnte ja sterben. Und glaubst du auch, dass ich an meinem Vorsatz festgehalten hätte?«

»Ich weiß nicht«, sagte die Pastorin, »ich kenne dich nicht gut genug. Wenn es sich nur um den Tod gehandelt hätte. Aber nun waren da ja auch die Schmerzen.«

»Ich hätte innerlich gekämpft«, sagte der Pfarrer, »und in den ersten Tagen wäre die Krankheit sogar ein wenig zurückgewichen, weil ich den festen Entschluss gefasst hätte, sie ihr Schlimmstes tun zu lassen. Aber nach ein paar Wochen hätte sie mich mit erneuter Kraft überfallen, und man hätte mir oben im Kavaliersflügel wieder ein Lager gebettet, und da hätte ich einsam gelegen, den ganzen Tag lang, und hätte mit den Schmerzen gekämpft.

Und ich glaube wohl, wenn ich solch ein alter, unerschütterlicher Mann gewesen wäre, dann hätte ich zuweilen ganz gegen meinen Willen die Vorstellung gehabt, dass ich gegen Gott kämpfte. Ich hätte den Gedanken von mir gewiesen. Ich hätte gedacht, dass ich nicht mit jemandem kämpfen könne, der gar nicht da wäre. Es sei doch ein bloßer Zufall, würde ich sagen, dass ich Lilje mit dem Rezept begegnet sei. Es sei durchaus keine lenkende Vorsehung, die ihn mir geschickt hätte. Es gäbe keine Vorsehung, und so könne sie auch nichts schicken.

Aber einmal ums andre würde mir die Vorstellung kommen, dass ich daläge und mit unserm Herrgott ränge. Vielleicht würde es mancher als Milde und Gnade betrachten, dass du mich wissen ließest, wo das gestohlene Rezept zu finden sei. Der Dieb hätte es ja ebenso gut vernichten können. Du willst wohl, dass ich es als eine sonderliche Gnade ansehe, dass es in Liljes Hände kam. Aber ich wünsche, es wäre vernichtet worden. Ich sehe es nicht als eine Gnade an, dass ich weiß, wo es zu finden ist. Ich betrachte es – Ja, und dann würde ich mich wieder erinnern, dass ich in meinem Buch doch ganz unwiderleglich bewiesen hätte, dass es keinen Gott gebe, und würde den Zwist abbrechen.

Ich denke, es muss eine große Versuchung, eine furchtbare Versuchung für den alten kranken Magister Eberhard gewesen sein: Nur ein Wort an den Pfarrer in Svartsjö, und er hätte das Heilmittel in seiner Hand! Glaubst du nicht, dass er um dieser Versuchung willen die Qualen noch tausendmal verschärft empfand? Es handelte sich um einen furchtbaren Preis; aber wer wirklich krank ist, fragt wohl nach nichts anderm als nach der Gesundheit.

Doch immerhin – wenn ich an seiner Stelle gewesen wäre, ich hätte versucht, auszuharren; hätte versucht, Gott und den Menschen zu zeigen, was Manneskraft vermag.

Aber am schlimmsten wäre es an dem Tag gewesen, an dem Schneider Lilje auf den Hof gekommen wäre. Da wären die Qualen so furchtbar gewesen, dass ich in jeder Stunde meinen Tod erwartete. Und da wäre mir wohl der Gedanke gekommen, dass ich jemandem sagen müsste, was in diesem blauen Kuvert sei. Denn plötzlich hätte mich der Gedanke beängstigt, dass ich ein großes Unrecht gegen meine Mitmenschen beginge, wenn ich nicht sagte, wo dieses unschätzbare Heilmittel zu finden sei. Ich könnte es ja so einrichten, dass es erst nach meinem Tod hervorgenommen würde. Dann hätte nicht ich die Truhe geöffnet, dann könnte ja meine Arbeit unberührt liegenbleiben.

Ich würde mir wohl denken, dass es am sichersten wäre, das Geheimnis niederzuschreiben, und niemanden vor meinem Tod von dieser Schrift Kenntnis erlangen zu lassen. Aber siehst du, Frau, es wäre wohl für einen Todkranken, dem die geringste Bewegung Qualen verursacht, nicht so leicht, die Feder zu führen.

Und schließlich hätte ich wohl Lilje hereingerufen und ihm das Geheimnis anvertraut und ihm befohlen, das gestohlne Kuvert den Eigentümern zurückzugeben. Aber zu gleicher Zeit hätte ich ihm streng verboten, es vor meinem Tod aus der Truhe zu nehmen. Erst wenn ich in den Kirchhof gebettet wäre, dürfte er zu dem Pfarrer in Svartsjö gehen und mit ihm sprechen.

Du kannst sicher sein, sobald ich mit Lilje gesprochen hätte, würde es mich wieder gereut haben. Man könnte sich doch auf einen solchen Kerl nicht verlassen. Es wäre klar, ich hätte jemandem sagen müssen, wo das Rezept zu finden sei. Aber ich hätte es niederschreiben sollen. Ich hätte niemanden vor meinem Tod darum wissen lassen dürfen.

Und bei alledem hätte ich mit der stummen geheimen Hoffnung dagelegen, dass Lilje mir ungehorsam sein könnte.

Ein paar Tage später würde ich etwas Eignes, Geheimnisvolles an der Frau bemerken können, die mich pflegte. Ich würde sehen, dass sie eine ganz besonders frohe und feierliche Miene machte, wenn sie mit einem warmen

Trunk zu mir hereinkäme. Ich würde erschrecken, und ich würde mir selbst zuflüstern: Hüte dich, trinke nicht! Es kostet dich die Arbeit deines ganzen Lebens!

Aber trotzdem, siehst du, Frau, würde ich wohl den Kopf vorstrecken und trinken; und mit jedem Tropfen, der über meine Lippen käme, würde ich Linderung fühlen. Ich würde das Glas von mir schieben wollen, wenn es halb geleert wäre, aber ich würde es nicht können. Und wenn ich es geleert hätte, würde ich mich auf einmal ganz gesund fühlen und vor Freude weinen.

Nun will ich dir sagen, wie es mir weiter ergangen wäre, wenn ich der alte Eberhard gewesen wäre. Am nächsten Tag wären die Schmerzen wiedergekommen, und da hätte ich wieder von diesem Trank getrunken. Da hätten die Schmerzen aufgehört und wären in kleinen Zwischenräumen wieder zum Leben erwacht, aber am dritten Tage wären sie ganz verschwunden gewesen. Und ich würde sehr wohl wissen, was für einen Trank man mir gegeben hätte, ich würde begreifen, dass ich eine Niederlage erlitten hätte, aber ich wäre allzu glücklich, um weiter danach zu fragen.

Dann würde ich wieder umhergehen und mich ganz gesund fühlen. Aber ich würde mich wohl hüten, jemanden zu fragen, woher der Trank gekommen wäre, der mich geheilt hätte. Und ich glaube ganz gewiss nicht, dass mir jemand sagen würde, dass man die Truhe eröffnet und das Rezept herausgenommen hätte. Niemand würde es sagen, aber ich würde es doch wissen. Ich würde nach Svartsjö fahren und mir die Truhe ansehen, und sie würde versperrt und versiegelt in der Kirche stehen, aber ich würde doch wissen, dass sie eröffnet worden wäre. Und dann –«

»Würdest du dich dann für verpflichtet halten, dein Buch zu vernichten?«, fragte die Pastorsfrau.

»Ich glaube wohl, dass ich versuchen würde, Schlupfwinkel und Ausflüchte zu finden, aber ich würde nicht leugnen können, dass ich, wenn ich ein Ehrenmann sein wollte, mein Buch vernichten müsste.«

»Und würdest du es auch tun?«

»Ja, was glaubst du? Bedenke jetzt auch recht, was dieses Buch für mich bedeuten würde! Wäre es vernichtet, so wäre auch mein Name und mein Ruhm vernichtet.«

Die Pastorin sah mit einem warmen Blick zu ihrem Mann auf.

»Ja, du hast es vernichtet«, sagte sie, »du hast es vernichtet!«

»Ich danke dir«, sagte der Pastor.

Eine Weile ging er schweigend weiter.

»Nun aber: Was denkst du jetzt von der Truhe?«, fragte die Frau.

»Ich denke, dass es nicht gefährlich sein kann, sie zu öffnen. Du hast meine Frage jetzt so beantwortet, wie ich es wünschte.«

»Du und Magister Eberhard, ihr seid nicht ein und dieselbe Person«, sagte die Frau.

»Liebes Kind«, sagte der Pfarrer. »Wir wissen ja, dass der alte Eberhard alles, was ich jetzt erzählt habe, durchgemacht hat und dass man die Truhe öffnen musste, um das Rezept herauszunehmen, das ihn heilte. Aber wir dürfen nicht glauben, dass Magister Eberhard ein schlechterer Mann gewesen sei als irgendeiner von uns. Es ist, seit ich nun die Sache durchdacht habe, mein fester Glaube, dass er in aller Heimlichkeit die Schrift aus der Truhe genommen hat und dass das große Buch des Unglaubens längst, längst vernichtet ist.«

»Aber die Truhe steht doch noch mit allen ihren Siegeln da.«

»Ja, siehst du«, sagte der Pastor lächelnd, »allzu viel darfst du von einem alten Philosophen nicht verlangen. Du kannst nicht von ihm verlangen, dass er alle Menschen wissen lasse, dass er gezwungen war, nachzugeben. Ich glaube wohl, es war das Natürlichste, dass er die Truhe auf alle Fälle stehen ließ, wie sie stand. Er konnte es wohl nicht ertragen, dass alle Bekannten zu ihm kämen und sagten, jetzt müsse er wohl bekehrt sein und an Gott glauben.«

Die Frau grübelte ein wenig nach, und dann sagte sie: »Ja, das werden wir jetzt bald sehen, denn nun willst du sicherlich die Truhe öffnen.«

»Ja, jetzt öffne ich sie mit frohem Mut«, sagte der Pastor.

Und wenn das junge Jahr so um die Mittagszeit des Neujahrtags neunzehnhundert in den Wolken über der Svartsjöer Kirche geschwebt hätte, da hätte es den Pfarrer und die angesehensten Männer des Kirchspiels um eine schöne alte Mosaiktruhe versammelt gesehen. Und als sie feierlich geöffnet wurde, da enthielt sie ein paar Pakete: alte Gerichtsverhandlungen und Zeitungen.

Aber von gottesleugnerischer, himmelstürmender Philosophie – nicht eine Zeile.

MAX DAUTHENDEY

Die Kurzsichtige und der Komet

Es war in einem Winter, als die Astronomen von Europa einen bisher unbekannt gewesenen kleinen Kometen entdeckt hatten, der kurz nach Sonnenuntergang am Abendhimmel mit bloßen Augen zu sehen sein sollte, später in der Nacht aber hinterm Horizont verschwand.

In jenem Winter sah man täglich um die fünfte Abendstunde die Leute mit Operngläsern in den Händen auf verschiedenen freien Plätzen von Berlin sich zusammenrotten. Und einer versuchte vom andern die Stellung des neuen Kometen zu erfahren. Indessen der Wagenstrom laut und lärmend wie immer auf dem Straßendamm rollte, stockte auf den Bürgersteigen der Verkehr. Die Leute schoben und drängten und standen den Eilenden im Wege, und niemals haben zu gleicher Zeit nachts so viele Augen in den Sternen gesucht als in jenen Winterabenden in der Stunde nach Sonnenuntergang in Berlin und in ganz Europa.

Ich hatte mehrmals am Potsdamer Platz versucht, den Kometen für mich zu entdecken, aber die Lichtreklamen, die dort über den Kaffeehäusern und über den Dächern der Potsdamer Straße und der Königsgrätzer Straße gegen den Himmel auf- und abflammten, erschwerten das ruhige Betrachten des Nachthimmels.

Deshalb war ich eines Abends mit der elektrischen Straßenbahn nach dem südlichen Teil der Stadt zum Kreuzberg gefahren, um dort von den Parkanlagen des Hügels aus beschaulicher nach dem Kometen suchen zu können.

Als ich in der Nähe des Kreuzbergs aus der Straßenbahn

stieg, bemerkte ich, dass viele Leute denselben Weg nahmen wie ich. Ganze Familien gingen in Reihen vor mir her. Auch laute Schulknaben, die sich zusammengerottet hatten, und stille Liebespaare stiegen dort in den Parkwegen hügelaufwärts, und Hunderte kamen vom Kreuzberg herunter. Es war ein allgemeines Wandern, als wäre da oben ein Jahrmarkt.

Die Wege waren ziemlich dunkel; selten brannte eine Laterne. Schnee lag in dünner Schicht vor den finstern Tannengruppen, und der klare, eisige Winterhimmel war trotz der späten Stunde noch leicht hell und schimmerte zwischen den finstern Bäumen.

Dort, wo es in den Anlagen ganz dunkel war und Treppenstufen zwischen künstlichen aufgetürmten Stufen emporstiegen, halfen sich die Menschen mit lautem Gelächter weiter. Die Heruntersteigenden lachten, und die Hinaufkletternden lachten. Und man tastete sich aneinander vorüber, und die jungen Mädchen, in Pelzmäntel vermummt, kicherten, und die jungen Männer erschreckten sie mit plötzlichen Zurufen; und mancher zündete ein Streichholz an, um ein Geländer oder eine Treppenstufe zu beleuchten.

Ich hatte mich an meinem Spazierstock bergauf getastet und traf, bald oben, auf der Höhe des Hügels unter den Bäumen eines verschneiten Grasplanes wohl hundert Menschen, die über die Häuserwelt von Berlin wegsahen und, gen Westen gewendet, den Himmel absuchten, wo die Sonne untergegangen war und ein Stückchen vom zunehmenden Mond blinkte.

Mir kam es aber vor, als ob keiner den Kometen wirklich fände, alle aber ihn im Geiste sahen. Und da sie ihn heftig gern zu sehen wünschten, deuteten sie auch alle nach einer

Richtung, wo hier und da ein Stern blitzte, und jeder vermeinte, in diesem oder jenem Stern den Kometen zu sehen. Ich glaube, jeder fand sich seinen eigenen Kometen. Die, die keinen am Himmel entdeckten, fanden ihn sicher auf der Erde. Denn es streifte im Dunkeln manch blitzendes Auge umher. Alle Menschen hier hatten den einen Zweck, herumzustehen, und manche durften sich anreden und ihrer Redelust Luft machen und ihrer Wissenslust und ihrem Gefühlsdrang Raum geben beim Schauen in den aufrichtigen Nachthimmel, auf diesem Hügel, der da im weiten steinernen Häuserkranz Berlins wie eine Insel zwischen Wellenkämmen lag.

Man lieh sich gegenseitig Gläser und Brillen und Fernrohre. Man half sich, im nächtlichen Garten des Himmels spazieren zu gehen, wobei die Augen als Füße dienten, und man unterstützte sich gegenseitig hilfreich im Lustwandeln am Nachtfirmament.

Manche Pärchen sonderten sich ab und setzten sich trotz Kälte und Schnee auf einsame Bänke, die da auf der Hügelhöhe standen.

Einige Knaben bildeten Gruppen, einzelne rauchten verbotene Zigaretten, und die anderen leisteten ihnen neidisch Gesellschaft.

Ältere Herren im Kreise von Bekannten erzählten von früheren Kometenjahren, und auch Fremde stellten sich um sie herum und gaben ihre Weisheit dazu.

Von der Stadt sah man nur einige mattgelb erleuchtete Straßenzüge mit unzähligen glitzernden Fenstern. Aber eigentlich fühlte man von der großen Stadt hier oben nichts mehr. Berlin war nur noch ein gespenstiger Körper rund um den Hügel, ein Körper, der sich ins Unendliche verlor und hier und da aus seinen Poren Feuerstaub zu atmen schien.

Ich hatte so eine Weile in Betrachtung der Stadt, der Menschen und des Himmels mich an meinem Stock gelehnt, den ich waagrecht gegen den Stamm eines Kiefernbaumes gestemmt hatte.

Vor mir lichtete und verdichtete sich das Gedränge der Menschen. Nur der Himmel über mir blieb immer gleich klar und unbeweglich.

Ich stellte mir eben vor: So aller Berufe entkleidet, so gleichgemacht und von dem einen einzigen Gedanken der Ewigkeit und Unendlichkeit entrückt, müssten auf irgendeinem Eiland, wenn es das gäbe, die Schatten der Gestorbenen umhergehen, aufgestiegen in Höhen, wo sich keine Weltunrast mehr findet, und hingegeben einzig dem Betrachten der Ewigkeit in uns und um uns …

Schatten gingen und neue Schatten kamen über den weißen, leicht beschneiten Grasflächen. Menschen lösten sich aus Bäumen, und andere schienen in Bäume zu verschwinden.

Der Schnee, der fein bläulich schimmerte wie eine Phosphormasse, schien mir aus weißen, eisigen Blüten zu bestehen, den Blumen der Vergessenheit, die diesem Eiland im Weltraum unklares Licht gaben und über denen die Schatten der Menschen sich lautlos begegneten.

Sobald wir vergessen können, sind wir selbst nicht mehr und werden unendliches Gefühl ohne Wissen …

Wie ich noch diesem Gedanken nachhing, sah ich eine Dame, ein wenig vorgebeugt, mit unsicheren kleinen Schritten über den Schnee kommen, und ich erkannte sie sofort, trotzdem ich nichts sah als den schwarzen Schattenriss ihrer Gestalt. Sie war aus einer dunklen Baummasse hervorgetreten, und wie ein Teil des Dunkels erinnerte sie mich an Geschehnisse, an Herzenserlebnisse, die in meiner Vergangenheit lagen, in jener gespenstigen Vergangenheit, die wir im Rückblick Jugend nennen.

Wer kann aber sagen, dass er jemals altert!

Die zierliche kleine Dame kam näher, und ich sah, wie sie sich bückte. Zu beiden Seiten ihrer Füße stand je ein kleiner Hund, und sie band diese beiden Tierchen an einen Riemen. Die Tiere liefen dann aneinandergekoppelt vor ihr her, indessen sie die Riemenschnur in der Hand hielt.

Sie kam gerade auf den Baum zu, an dessen Stamm gestützt ich meinen Stock hielt. Mir schien es, als wollte sie die Hunde an den Baumstamm anbinden.

An ihrem Gang und ihrer Art merkte ich, dass sie noch immer sehr kurzsichtig war, und ich erinnerte mich jetzt, dass sie schon viele Abenteuer infolge dieser starken Kurzsichtigkeit hatte erleiden müssen.

Ich wollte abwarten, bis die Dame ihre Hunde an den Baum gebunden habe, und wollte dann zu ihr treten und sie begrüßen.

Wir hatten uns viele Jahre nicht gesehen, seit langen Jahren uns aus den Augen verloren, und vielleicht wäre es gar nicht gut, wenn ich die beinah Vergessene begrüßen würde. Vielleicht würden die Erinnerungen, die wir aufwühlen mussten, Martern werden.

Man lernt sein eigenes Wesen niemals ganz kennen und weiß niemals, wie tief die Wunden zuheilen. Wir wissen auch nicht, ob wir Unheilbares in uns tragen, oder ob wir unverwundbar sind. Solange wir atmen in diesem warmen Leibe, den wir uns aufgebaut haben, studieren wir diesen

Leib, von dem wir wissen, dass er nur künstlich und vergänglich ist. Aber wir schaudern oft im Geheimen vor seinem Dasein, weil unser Leib uns ebenso fremd bleibt wie unser ewiges Teil. Weil der Leib plötzlich im Blut Sehnsüchte wie Abgründe öffnen kann.

Gottlob, dass Leib und Seele nicht mit Zahlen, nicht mit Gesetzen, nicht mit Maßstäben, nicht mit Erfahrungen zu begreifen und zu ergründen sind. In seiner Unbegreiflichkeit ergänzt der sterbliche Teil den ewigen Teil.

Ich wusste nicht, sollte ich jene Dame grüßen oder sollte ich ihr ausweichen. Ich wollte eben meinen Spazierstock, den ich in der Höhe meiner Hüfte waagrecht gegen den Baumstamm gestellt hatte, zurückziehen und wollte einige Schritte weitergehen.

Da sehe und fühle ich erstaunend, dass die Dame ihre Foxterrier an meinen Spazierstock, den sie wohl für einen Baumast hielt, festband.

Ich hielt den Stock jetzt belustigt still, während mich der eine Hund beschnüffelte und der andere an seine Herrin hochsprang.

Diese war ganz in ihre mühsame Arbeit vertieft und band die Riemenschnur um meinen Stock zu einem festen Knoten. Vorher hatte sie ganz flüchtig mit ihrer behandschuhten Hand meinen nicht glatten, sondern etwas knorrigen Stock abgetastet und sich überzeugt, dass er fest genug war, um die beiden Hunde zu halten.

Viele Leute kamen und gingen. Ich fiel der Dame nicht weiter auf, sie hielt mich eben für einen der vielen Herumstehenden, die nach dem Kometen suchten.

Wie seltsam war dieses Wiedersehen! Tragisch-komisch, wie alle kurzsichtigen Abenteuer jener Dame.

Ich sah, dass sie ein Opernglas umhängen hatte, und zugleich baumelte an einer langen Kette über ihrem Mantel ein Lorgnon [eine Stielbrille], das ich so gut aus früheren Jahren kannte.

Die Dame entfernte sich jetzt einige Schritte, nachdem sie ihren Hunden geboten hatte, sich niederzulegen.

Die Tiere aber gehorchten nicht gleich. Sie zerrten an der Schnur, und ich musste mich mit meiner ganzen Kraft mit dem Stock gegen den Baum stützen und hatte alle Mühe, meinen Spazierstock festzuhalten.

Sie aber sah nichts anderes als ihre Hunde. Sie rief ihnen nochmals zu, und da sie glaubte, dass sie sie an einem Baumast festgebunden, ging sie weiter, wobei sie ihr Opernglas aus dem Lederbehälter nahm.

Ich kannte die Hunde beim Namen, und als die Dame weit genug über den Schnee fortgegangen war, flüsterte ich den Tieren ihre Namen zu. Sie sahen erstaunt nach mir und stellten das gemeinsame Kläffen ein, beschnüffelten mich nochmals, wedelten ein wenig belustigt mit ihren Schweifstummeln und setzten sich still zu meinen Füßen nebeneinander.

Ich nahm mir vor, die Terrier festzuhalten und meinen Stock einen Baumast vorstellen zu lassen, bis die Hunde von der Kurzsichtigen wieder abgeholt wurden.

Ich sah die zierliche Gestalt der Dame sich am Rand der Hügelfläche gegen den Nachthimmel abzeichnen und sah, wie sie abwechselnd das Lorgnon nahm und dann wieder das Opernglas, um unter den Menschen zu suchen und unter den Sternen am Himmel.

Es war eine Unruhe über ihr, die mir von ihrer Kurzsichtigkeit auszugehen schien. Und während alle Leute den Kometen im Westen finden wollten, hatte sie sich allein nach der östlichen Himmelsrichtung gewendet, wo sie den Kometen sicher niemals erblicken konnte. –

Wir hatten uns vor Jahren auf eine sonderbare Weise kennengelernt.

Ich saß damals eines Tages auf der Terrasse des Café Josti am Potsdamer Platz. Es war an einem Nachmittag zur Pfingstzeit. Frühlingslebhaftigkeit war über allen Menschen. Blumenverkäuferinnen mit Flieder, Schneeballen und Pfingstrosen standen mit ihren breiten Körben draußen vor der Terrassenbrüstung neben den Zeitungsverkäufern. Damen mit neuen Sommerhüten und Herren mit neuen Strohhüten spazierten, eilten und schlenderten vorüber.

Die langen Reihen der Straßenbahnen, die Autos und Lastkarren stockten manchmal, wenn einer der vielen Polizisten an den breiten Straßenmündungen die weißbehandschuhte Hand hob.

Ich sah zufällig über den Platz hin und bemerkte, dass ein Schutzmann eine junge Dame, die mit zwei Foxterriern den Fahrdamm überschreiten wollte, herübergeleitete und dass die Dame, am Trottoirrand angekommen, ihr Portemonnaie zog, um den Schutzmann ein Trinkgeld zu geben.

Die Umstehenden lachten. Der vielbeschäftigte Schutzmann aber grüßte nur kurz und ließ die Dame stehen. Diese erkannte die Verlegenheit, in die sie den Schutzmann und die Umstehenden gebracht hatte, und darüber etwas ratlos, gab sie das Geldstück, das sie nun einmal in der Hand hielt, einer Blumenverkäuferin.

Diese meinte natürlich, die Dame wolle eines ihrer kleinen Moosrosensträußchen kaufen, und beeilte sich, ihr einen Strauß aus ihrem Korb zu geben. Indessen schritt aber die

Kurzsichtige schon zum Eingang der Terrasse des Cafés. Die Blumenverkäuferin wusste nun nicht, wem sie das Sträußchen geben sollte, und gab es einem Herrn, der den Verkauf beobachtet hatte, und bat ihn, der Dame nachzueilen.

Der Herr lachte und holte die Dame gerade am Eingang des Cafés ein. Dort zog er höflich den neuen Strohhut, verneigte sich und reichte der Kurzsichtigen den kleinen Rosenstrauß. Sie sah den Herrn erstaunt von der Seite an. Ohne ihn einer Antwort zu würdigen, ließ sie ihn mit den Blumen stehen, denn sie hielt ihn augenscheinlich für einen Zudringlichen und glaubte wahrscheinlich, die Überreichung des Sträußchens bezwecke eine Annäherung. Dann stieg die Dame die wenigen Stufen zur Caféhausterrasse empor, und die Foxterrier, die in der Hitze mit offenen Mäulern stoßweise atmeten, zogen die Dame seltsamerweise nach meinem Tisch hin.

Vielleicht hatten die Terrier mein Interesse, das ich an ihrer Herrin nahm, in Fernwirkung empfunden. Denn ich hatte die Ankommende zwischen, über und neben den Köpfen der um mich Sitzenden mit meinen Augen aufmerksam verfolgt.

Und nun saß sie nach einer Weile neben mir. Die Hunde lagen unter dem Tisch. Sie entnahm einer Handtasche ein kleines Taschentuch und säuberte eifrig die Gläser ihres Lorgnons.

Sie war unauffällig geschmackvoll gekleidet. Ich erinnere mich, dass ein großer, brauner Strohhut mit sehr breiter Krempe mir ihr Gesicht verdeckte, das ich nur einen Augenblick vorher gesehen hatte. Es war mild und blass, und zwei dunkelbraune Augen schauten aus ihm in die Welt, ohne die Welt genau zu sehen.

Die Dame kam mir damals vor, als ginge sie in einer Dunkelheit und müsse sich im Gehen und Handeln mehr auf ihren Instinkt als auf ihre Augen verlassen.

Sie hatte bei dem vorüberrennenden Kellner eine Limonade bestellt. Der Kellner hatte mir eben auch meine Limonade gebracht. Ich las dann aber in meiner Zeitung weiter und wurde für ein paar Augenblicke von einem Artikel gefesselt. Als ich wieder aufsah, trank die Kurzsichtige neben mir meine Limonade aus meinem Glase.

Ich rührte mich nicht und ließ die Dame im Glauben, dass das ihre Limonade war. Bis der Kellner kam, hatte sie das Glas ausgetrunken. Und als er die bestellte Limonade vor sie hinsetzte, sah sie ihn erstaunt an, nahm ihr Lorgnon vor die Augen und bemerkte nun auch mich. Aus ihren Bewegungen konnte ich ersehen, wie sie sich über sich ärgerte. Ich dachte, sie würde mir jetzt ihre Limonade anbieten und eine Entschuldigung vorbringen. Sie aber ließ ihr Lorgnon fallen, zuckte mit der einen Schulter, legte rasch Geld aus ihrem Portemonnaie auf den Tisch und murmelte dabei: »Das ist doch unverschämt.« Dann stand sie mit einem Rucke auf, zog ihre Hunde, die sich eben zum Schlafen hingestreckt hatten, hinter sich her und verließ offensichtlich geärgert die Terrasse.

In der Schnelligkeit hatte sie nicht bemerkt, dass ihr Taschentuch von ihrem Schoß unter den Tisch gefallen war. Ich war aber durch den Ausspruch »Das ist unverschämt« so verwundert, dass ich mich nicht gleich bücken mochte. Dann aber belustigte mich das Ganze. Ich nahm das Taschentuch an mich, und als der Kellner kam, fragte ich ihn, ob er die Dame kenne, die eben da gesessen.

»Ja«, sagte er, »sie hat ein paar Mal morgens ihren Kaffee

hier getrunken. Sie scheint sehr zerstreut zu sein. Neulich hat sie in Gedanken unsere Getränkekarte beim Aufstehen mitgenommen, und als einer von uns sie darauf aufmerksam machte, zeigte es sich, dass sie geglaubt hatte, ihr Notenheft in der Hand zu halten. Sie ist Musikschülerin, und ich sah sie auch schon öfters mit einem Geigenkasten vorübergehen. Sie muss hier in der Nähe wohnen.«

Ich hatte das Taschentuch zu mir gesteckt und mir vorgenommen, es der jungen Dame selbst auszuhändigen, wenn ich sie einmal wieder sehen sollte.

Gleich am nächsten Nachmittag, ungefähr um dieselbe Stunde, traf ich die Kurzsichtige wieder. Diesmal war sie ohne ihre Hunde.

Sie stand an dem Schaufenster eines Photographen und betrachtete durch ihr Lorgnon die Bilder. Der Kasten befand sich dicht an einer Straßenecke.

Ich war auf der anderen Seite der Straße und musste einige Automobile vorüberfahren lassen, ehe ich den Fahrdamm überschreiten konnte. Als ich dann durch das Wagengedränge hinüberkam, sah ich, wie die Dame, immer noch mit dem Lorgnon vor den Augen, um die Ecke der Straße ging. Dort musste sich ein zweiter Photographenkasten befinden, denn sie sah mit voller Aufmerksamkeit gegen das Haus.

Ich zögerte einen Augenblick, ihr sofort zu folgen, und stellte mich vor die Bilder an den Kasten, vor dem sie vorher gestanden. Mein Herz klopfte ein wenig, als ich überlegte, mit welchen Worten ich ihr das Taschentuch überreichen sollte hier an der Straßenecke. Wahrscheinlich würde sie mich gar nicht anhören, wenn ich mich verbeugen und meinen Hut ziehen würde. Vielleicht würde sie mich kurz angebunden stehen lassen, wie sie den Herrn neulich mit dem von ihr selbst bezahlten Rosenstrauß hatte stehen lassen.

Nur wenige Augenblicke überlegte ich das alles und stellte mir vor: Wenn ich jetzt um die Ecke des Hauses treten würde, wollte ich mich zuerst neben sie stellen und die Widerspiegelung ihres Gesichtes in dem Schaukasten ein wenig beobachten, ehe ich sie ansprāche. Ich konnte sehen, dass sie noch dort stand, denn ich sah die Spitze ihres grünseidenen Sonnenschirms.

Zugleich bemerkte ich aber jetzt, dass die meisten Leute, die an der Dame vorübergegangen waren und um jene Straßenecke bogen, sich erstaunt, verblüfft oder belustigt lachend nach ihr, die nur mir noch verborgen war, umsahen.

Es war doch nicht möglich, dass sie alle diese Leute kannte! Auch sah ich nicht, dass ein Einziger von ihnen grüßte oder gegrüßt hatte. Einige sogar kehrten um, und ich sah an den Schatten, die über den weißen Asphalt der Straße fielen, dass sich Menschen dort ansammelten, wo sie stand.

Was ist da nur so Urkomisches an dem Schaukasten des Photographen zu sehen, fragte ich mich.

Ich trat nun um die Ecke des Hauses. Da war gar kein Photographenkasten an der Wand. Da war auch kein Plakat, keine Inschrift. Da war nur eine leere Mauer, eine einfach gekalkte Wand, an deren Mörtel für mich nichts zu sehen war. Aber vor der Wand stand jene Dame, die ich suchte, mit ihrem Lorgnon vor den Augen und sah so hin und her an der Wand, ein wenig hinauf, ein wenig zur Seite, ebenso wie sie es vorher vor dem Schaufenster getan hatte.

In einigem Abstand hinter ihr waren die Leute stehen

geblieben, vorübergehende Herren und Damen, Dienstboten und Arbeiter, die sich mit Gesten und Blicken stumme Zeichen machten.

Ich begriff nun: Die Kurzsichtige musste tief in Gedanken sein, und weil sie an der einen Seite der Ecke vorher Bilder betrachtet hatte, schien sie auch hier Bilder erwartet zu haben und schien im Geist auch solche zu sehen.

Das Ganze spielte nur wenige Sekunden. Dann schien die Dame sich bewusst zu werden, dass die Wand leer war.

Auf diesen Augenblick mussten alle Umstehenden gewartet haben. Mit demselben Ruck, mit dem die Kurzsichtige gestern vom Tisch aufgestanden war, trennte sie sich plötzlich von der leeren Wand, erleuchtet von einer schreckhaften Erkenntnis ihrer Zerstreutheit. Dann schob sie das Lorgnon zusammen und schritt energisch an den Leuten vorbei, in Flucht vor dem grausamen Lächeln der anderen. Sie überquerte den Fahrdamm und trat drüben mit demselben Ruck und Eifer in einen Schreibwarenladen ein.

Nun wusste ich, ich würde ihr öfters begegnen, und ich beeilte mich nicht, ihr mit dem Taschentuch nachzulaufen. Ich hatte an ihrem Gang gemerkt, dass sie in dieser Straße zu Hause war. Sie schien immer zu dieser Stunde Besorgungen oder einen Spaziergang zu machen.

Ich hatte aber nicht gedacht, dass ich bald ihren Namen erfahren würde, ohne sie danach gefragt zu haben.

Einen Tag später merkte ich zu meinem Erstaunen, dass von dem Schreibwarenladen, in welchem jene Dame neulich eingetreten war, bis zu einem Haus nahe bei jenem, in welchem meine Wohnung lag, Visitenkarten reihenweise hingefallen lagen. Es regnete, und einige Karten waren von den Füßen der Straßengänger in den Rinnstein geschoben worden. Dort schwammen sie im Regenbach entlang der Straße wie weiße, kleine Gondeln.

Als ich eben an der Haustüre, wo das letzte Visitenkartenhäufchen lag, vorübergehen wollte, öffnete sich diese und eine Frau trat heraus, die die Hausmeisterin jenes Hauses sein musste. Sie schlug die Hände zusammen und sah schmunzelnd und lachend auf die verlorenen Karten. Und als sie mich auch staunen sah, erklärte sie mir, in ihrem Hause wohne eine kurzsichtige und sehr zerstreute Geigenspielerin. Die habe ein Paketchen Visitenkarten so ungeschickt nach Hause getragen, dass sie alle Karten auf dem Wege zwischen dem Laden und der Haustüre verloren habe. Die Schachtel, die seitlich zu öffnen gewesen, habe sie leer nach Hause gebracht, da die Gummischnur unterwegs zerrissen war, die das Päckchen zusammengehalten hatte. Die Dame schäme sich nun fürchterlich oben in ihrem Zimmer, und darum habe sie die Hausmeisterin gebeten, hinauszugehen und die Visitenkarten aufzulesen.

Ich benützte die Gelegenheit und gab der Hausmeisterin, als sie mir eine Visitenkarte gezeigt hatte, das Taschentuch, das die Dame neulich im Café hatte liegen lassen.

»O«, sagte die Frau, »sie weiß nie, wohin ihre Taschentücher verschwinden. Aber über die ganze Stadt liegen ihre Taschentücher zerstreut.«

Dann fragte mich die Hausmeisterin, ob ich der Herr sei, der im Nebenhause die Atelierwohnung gemietet habe.

Als ich es bejahte, sagte sie, das kurzsichtige Fräulein habe die gleiche Wohnung in diesem Hause, Atelier, Schlafzimmer und Küche. Die Häuser seien Zwillingshäuser und hätten dieselbe Einteilung.

Da schoss es mir durch den Kopf, dass vor einigen Wochen jemand nachts um zwölf Uhr, als ich mich ausgekleidet hatte, um zu Bett zu gehen, am Schloss meiner Flurtür mit einem Schlüssel herumgestochert hatte. Erst hatte ich geglaubt, es wäre ein Einbrecher, dann war mir das Geräusch doch zu selbstverständlich erschienen, und ich dachte, es müsste sich jemand im Stockwerk geirrt haben. Als nun die Hausmeisterin weiter erzählte, dass die kurzsichtige Dame eines Nachts die Haustüren verwechselt hätte, wusste ich, dass es die Kurzsichtige gewesen war, die mich an meiner Tür erschreckt hatte.

Am nächsten Nachmittag war schönes Wetter, und ich stellte mich ans Fenster, um die Dame, wenn sie ausgehen würde, zu beobachten. Sie kam auch, wie ich mir gedacht hatte. Sie hielt in der einen Hand einen Brief, und dann sah ich, wie sie den Brief in ihre Seitentasche schob und langsamen Schrittes am Bürgersteig hinging bis zum nächsten Briefkasten. Dort aber steckte sie nicht den Brief in den Kasten, sondern ein kleines Futteral, das nur ein Brillenfutteral sein konnte.

Ich musste herzlich für mich lachen. Ich sah der Dame weiter nach. Sie überschritt die Straße und ging in eine Konditorei, wo sie in einem stillen Hinterzimmer ungestört ihren Nachmittagskaffee trinken wollte.

Die Arme hat ihre Brille in den Briefkasten geworfen und wird sie sehr bald vermissen! Ich muss ihr die Brille wieder verschaffen und sie ihr in die Konditorei bringen.

Sie war wie eine hübsche kleine Japanerin, harmlos und gedankenvoll, scheinbar immer der Welt entrückt.

Ich nahm Hut und Stock und ging hinunter an den Briefkasten und wartete, bis der Radler auf seinem Postrad kam, der den Briefkasten in seine große braune Leinwandtasche leeren sollte. Ich sagte ihm, ich hätte aus Versehen mit einem Brief zusammen mein Brillenfutteral in den Briefkasten gesteckt.

Er begriff mich erst nicht, und ich musste meine Rede wiederholen. Dann lachte er, und mich ein wenig geringschätzig von Kopf bis zu Fuß ansehend, wie man einen bedauerlichen Dummkopf betrachtet, händigte er mir, nachdem er den Kasten aufgeschlossen, ein viel gebrauchtes und abgenütztes Brillenfutteral ein, in welchem eine Brille klapperte.

In der Konditorei drüben fand ich die Dame dann bei einer Zeitung sitzend.

Ich näherte mich ihr. Sie hatte ihr Lorgnon schnell bei der Hand, und es kam mir vor, als habe sie mich erstaunlicherweise erkannt; und doch war sie ein wenig sprachlos, denn wir kannten uns ja gar nicht. Aber die Hausmeisterin musste ihr erzählt haben, dass ich ihr Taschentuch aufgehoben hatte.

»Können Sie denn meinen Brief schon haben?«, fragte sie. Bin ich denn stundenlang hier gesessen und weiß es gar nicht?, setzten ihre unruhigen Augen hinzu.

»Nein, Ihren Brief habe ich nicht bekommen. Aber ich habe Ihr Brillenfutteral, das ich Ihnen hier bringe.«

»Um Gottes willen, wo habe ich das wieder liegen lassen?«, stieß sie gequält hervor und sank auf einen Stuhl.

»Im Briefkasten lag es«, sagte ich und zwang mich, ein möglichst harmloses Gesicht zu machen.

Sie begriff sofort, und mit jenem Ruck, den es ihr immer gab, wenn eine blitzartige Erkenntnis über sie kam, griff sie nach ihrer Manteltasche und tastete darin nach dem Brief, den ich knistern hörte.

Ohne aber den Brief aus der Tasche zu ziehen, bat sie mich, Platz zu nehmen, und berichtete mir, sie habe mir geschrieben und für das Taschentuch gedankt und zugleich um Entschuldigung gebeten, dass sie einen harten Ausdruck gegen mich gebraucht habe. Das Wort »unverschämt« sei ihr aber entfahren, weil sie mich für jenen Herrn gehalten habe, der ihr unverschämterweise einen Rosenstrauß am Eingang des Cafés angeboten. Sie hätte im Brief dazugesetzt, dass sie sich persönlich entschuldigen wollte, wenn wir uns einmal begegnen würden.

Dann erzählte sie mir seufzend, dass ihre Kurzsichtigkeit und ihre Zerstreutheit ihr schon viel Schabernack gespielt habe.

Das wusste ich schon. Wir sprachen dann von etwas anderem, von Musik, von Tagesangelegenheiten, und waren nach einer Weile wie alte Bekannte geworden.

Die Konditorei hatte noch ein kleines Nebenzimmer, in welchem an einer Säule ein Springbrunnen plätscherte, um den Wassergläser standen, die zum Kaffee gereicht wurden.

Der Springbrunnen störte mich ein wenig mit seinem plätschernden Laut, der so einförmig wie ein Regenfall war. Es fiel mir auf, dass während unseres Gespräches die kurzsichtige Dame öfters leicht bekümmert zur Seite horchte, und dann sprach sie vom schlechten Wetter der letzten Tage.

Ich hielt das für eine Eigenart von ihr und dachte, sie leide vielleicht bei schlechtem Wetter an Gliederreißen oder etwas Ähnlichem.

Nach einer Weile stand ich auf und verabschiedete mich von ihr. Sie sagte, dass sie das Wetter erst abwarten wollte.

Ich glaubte, sie fühle ein heraufziehendes Gewitter kommen und fürchte sich, zu Hause allein zu sein.

Ich ging, und als ich nach ein paar Stunden wieder am Laden vorüberkam – es war inzwischen kein Unwetter gewesen, schöner stiller Himmel und Sommerabend voll Sterne und Klarheit –, da stand der Konditor unter der Türe und blinzelte mir mit den Augen zu und sagte:

»Ihre Dame ist eben erst fortgegangen!«

»Welche Dame?«, fragte ich ganz in Gedanken und erstaunt.

»Nun, die Kurzsichtige, die im Hause neben Ihnen wohnt. Sie hat beim Geräusch von meinem Springbrunnen geglaubt, dass es regnet, und hat Kaffee getrunken und Schokolade getrunken und Limonade getrunken und alle Zeitungen gelesen, weil sie bei dem trostlosen Regenabend, wie sie sagte, nicht zu Hause sitzen wollte und weil sie ein Kleid anhatte, von dem sie behauptete, dass es von den Regentropfen Flecken bekommen könnte. Dann hat sie gegessen und getrunken und gelesen. Endlich hat sie einen meiner Gehilfen zu sich gerufen und hat ihn zu ihrer Hausmeisterin hinübergeschickt und hat sich ihren Schirm holen lassen. Die Frau konnte gar nicht begreifen, warum das gnädige Fräulein bei dem schönen klaren Abend einen Schirm nötig habe. Wir waren ebenfalls sehr erstaunt, bis die Dame beim Fortgehen zur Ladentür kam und verwundert entdeckte, dass kein Tropfen Regen fiel. Dann ist sie aber ganz wütend über sich selbst fortgerannt, und war wahrscheinlich ärgerlich, dass sie den schönen Abend im Laden verbracht und den plätschernden Springbrunnen für einen Regen gehalten hatte.«

Sie lebte das Leben auf ihre eigene Weise. Und als ich sie einmal befragte, ob sie sich nicht fürchte, überfahren zu werden, wenn sie so in Gedanken sei, sagte sie: »Nein, ich habe meinen eigenen Gott, dessen Schutz ich mich immer empfehle.«

»Was ist das für ein Gott?«, fragte ich.

»Der Gott der Idioten«, sagte sie schmunzelnd und kicherte ein feines Lachen, das ihr sehr gut stand.

Unter anderem war ihr auch einmal passiert, dass sie nach einem Mittagessen in einem Restaurant beim Fortgehen einen großen silbernen Löffel senkrecht vor sich hergetragen. Und als der Kellner sie aufmerksam gemacht, dass sie ja einen silbernen Löffel mitnähme, war sie zu Tod erschrocken gewesen, denn sie hatte geglaubt, sie halte den silbernen Griff ihres Sonnenschirms in der Hand.

Als ich sie dann zum letzten Mal sah, es war an einem Hochsommerabend, da ich von einem Ausflug heimradelte, begegnete sie mir in unserer Straße. Sie schien sehr in Hast zu sein, als wenn sich wieder etwas ereignet hätte, was sie kopflos machte.

Ich ließ meine Fahrradklingel trillern, vielleicht etwas heftiger als sonst, da ich die Dame zum Aufschauen zwingen wollte, um sie grüßen zu können. Aber mein Schrecken war groß. Kaum, dass meine Glocke schrillte, lag die junge Dame flach auf der Erde wie umgeklappt, als wenn ein unsichtbares Fahrrad über sie fortgeradelt wäre.

Ich sprang ab und half ihr auf und entschuldigte mich, sie erschreckt zu haben.

Sie war tief in Gedanken gewesen, sagte sie, und das laute Klingeln schien ihr so nah, dass sie sich geduckt hatte, ausgeglitten und gefallen war mit dem Gefühl, sie sei überfahren worden.

Nachdem sie sich aufgerichtet und ein wenig erholt hatte, erklärte sie mir, sie wäre so schreckhaft, weil oben bei ihr ein betrunkener Mensch auf der Treppe läge. Sie wolle morgen aufs Land reisen und habe ihren Koffer gepackt, und sie würde erst im Herbst in die Stadt zurückkehren. Sie fürchtete, der Betrunkene sei vielleicht ein Einbrecher gewesen, der sie bestohlen habe. Sie habe die Hausmeisterin rufen wollen, diese sei aber nicht zu Hause gewesen, und nun wäre sie fortgerannt, um an der nächsten Straßenecke einen Polizisten zu holen, denn jener liege quer über den Treppenabsatz, und sie getraue sich nicht, über ihn hinwegzusteigen.

Ich erbot mich mit ihr hinaufzugehen, um den Betrunkenen aufzuwecken und fortzuweisen.

Sie dankte mir, und wir gingen in ihr Haus, und atemlos horchend stiegen wir zusammen hinauf.

In dem Stockwerk, das unter ihrer Wohnung lag, sagte ich, sie solle warten. Mit meinem Stock tüchtig aufstampfend, um den unverschämten Eindringling zu stören, ging ich allein höher.

Nichts regte sich in der Dämmerung des Treppenhauses. Auf dem Treppenabsatz stand in der Ecke ein gepackter Korbkoffer, und quer bei der Treppe, in einen Plaidriemen eingeschnallt, lag ein langer zusammengerollter Reiseschal. Diesen muss die Kurzsichtige für einen Menschen gehalten haben.

Ich rief ins Treppenhaus hinunter, und die Dame kam scheu und vorsichtig heraufgestiegen und wollte es mir nicht glauben, dass kein Mensch da wäre und dass nur ihr zusammengerollter Reiseschal sie erschreckt hätte. Sie behauptete, der Mensch wäre fortgelaufen.

Ich sah es ihr an, wie sie sich schämte, es sich selbst einzugestehen, dass sie wieder getäuscht worden sei. Ich fragte, ob sie den Menschen durch ihr Lorgnon gesehen hätte.

Nein, sie hatte ihr Lorgnon vergessen, wollte aber trotzdem nicht zugeben, dass sie den Reiseschal für einen Menschen angesehen hatte. Dann bat sie mich, da ich mal oben war, einen Augenblick bei ihr einzutreten.

Drinnen in den Zimmern war alles in größter Unordnung. Wie buntes Gemüse lagen die Dinge durcheinander, und sie entschuldigte sich, dass sie mit dem Packen noch nicht fertig sei. Ich musste zwischen verschiedenen Gegenständen in einer Ecke des Sofas Platz nehmen.

Dann ging sie in die Küche, wo die Terrier eingeschlossen waren, die ihr sehr zugetan schienen. Sie konnte aber den Knoten der Schnur, die an die Türklinke angebunden war, nicht aufmachen, und so ging ich hinzu und half ihr.

Mein Blick fiel zufällig, während ich den Knoten löste, auf einen Kohlenkasten, der da stand, und ich wurde von ein paar seltsam blauen Papieren, die dort lagen, angezogen. Es schienen zerknitterte Geldscheine zu sein. Ich hob dann auch wirklich ein paar Hundertmarkscheine auf, die, wie sich herausstellte, das ganze Reisegeld der Dame waren. Das Geld hatte sie vorher erst von der Bank geholt. In der Meinung, es seien alte blaue Briefumschläge, hatte sie die Geldscheine in der Hast des Packens fortgeworfen, während sie den leeren Briefumschlag sorgfältig in ihre Handtasche gesteckt hatte.

Nun begann sie vor Schrecken zu weinen, und wie zu ihrer Entschuldigung sagte sie:

»Jemand hat mir nicht nur mein Herz, sondern auch meinen Kopf gestohlen.«

Später, als sie mir sehr schön auf ihrer Violine vorgespielt hatte, sagte ich ihr, sie müsse mir das Bild dessen zeigen, der sie dem Gott der Idioten ausgeliefert habe.

Sie zeigte mir das Bild eines jungen Kapellmeisters, der außer einem großen Haarbüschel, der ihm in die Stirn hing, nichts Besonderes zu bieten schien. Und ich war sicher, dass auch hier, in der Liebe zu dem Musikanten, ihre Kurzsichtigkeit ihr einen Streich spielte. Sicher liebte sie mehr die unklare Vorstellung, die sie sich von dem Menschen machte, als das klare Bild des Mannes selbst, das sie niemals sehen konnte.

Ich war eifersüchtig auf diesen Haarmenschen, das fühlte ich, und ich fühlte auch, wie leicht es sein würde, diesen Nebenbuhler zu verdrängen, der, wie mir schien, seine Rolle im Herzen der jungen Dame bereits ausgespielt hatte. Ich tat, wozu mich mein Herz drängte, und warb von dieser Stunde an um jenes Mädchen. Ich folgte ihr nach aufs Land, wo sie den Sommer verbrachte, und im nächsten Winter besuchte ich in Berlin mit ihr Konzerte und Vergnügungen.

Nachdem wir glückliche Monate verlebt hatten, in denen ich ihre Kurzsichtigkeit und Zerstreutheit zuerst als eine belustigende Lebenswürze genossen hatte, wurde ich allmählich von dem Doppelleben, das sie führte, nervös, denn es war auf die Dauer unheimlich, wie viel Zeit und Lebenskraft sie aufwenden musste, um die Abenteuer zu überstehen, die ihr ihre Zerstreutheit und Kurzsichtigkeit bereiteten. Und Tage reichten oft nicht aus, gutzumachen, was sie in Sekunden der Zerstreutheit harmlos sich und anderen angetan hatte.

Sie ging später auf Konzertreisen, und wir schrieben uns immer seltener. Ohne dass wir uns Vorwürfe machten, fühlten wir beide, dass die Zeit unserer Innigkeit vorüber war. Die junge Dame fand viele Verehrer, denn sie war liebreizend und von heiterer Gemütsart und wurde nicht einmal verstimmt, wenn sie an ihre Kurzsichtigkeit und Zerstreutheit erinnert wurde. –

Nun stand sie dort, nicht weit von mir, im Schnee und suchte den Kometen, der im Westen stand, mit ihrem Opernglas im Osten. Und ich hielt ihre beiden Terrier, die zitternd zu meinen Füßen saßen, an meinem Spazierstock, den sie für einen Baumast gehalten hatte, fest.

Bald aber bemerkte ich, dass meine Freundin ihr Opernglas gar nicht mehr zum Himmel richtete, sondern dass sie den Hügelabhang hinuntersah, wo immer noch einzelne Menschen bergauf stiegen.

Während ihre Augen noch suchten, trat die dunkle Gestalt eines jungen Mannes an ihre Seite. Er hielt einen Schneeballen in der Hand. Er schien sie zu begrüßen und schien der zu sein, den sie mit ihrem Opernglas im Himmel und auf Erden gesucht hatte. Er streckte ihr den Schneeballen hin, den sie in ihrer Kurzsichtigkeit für seine Hand hielt, worüber er laut auflachte. Worauf sie den Schneeballen nahm und ihm denselben vertraulich an die Brust warf.

Da zog ich meinen Stock vom Baum zurück und streifte den Riemen, an denen die Hunde gebunden waren, vom Spazierstock ab und sagte zu den beiden Tieren: »Lauft!«

Die munteren Tiere verstanden mich sofort und sprangen kläffend zu ihrer Herrin. Ich ging indessen langsam zu einer Bank, wo ich mich niedersetzte.

Von der Kurzsichtigen hörte ich einen Ausruf des Erstaunens. Sie glaubte, die Hunde hätten den Baumast abgebrochen.

Der junge Mann lachte und rief laut: »Das glaube ich niemals. Du wirst die Hunde an die Luft angebunden haben.«

Ich hätte ihm am liebsten eine Ohrfeige geben mögen,

da er so respektlos zu ihr sprach. Aber ich sagte mir, er wird wahrscheinlich mit ihr schon hundert ähnliche Fälle erlebt haben und hatte das Recht zum Lachen.

Nun hörte ich, wie die junge Dame sagte, sie wolle den Baumast ansehen. Er könne sich überzeugen. Der Ast müsse abgebrochen sein.

Ich sah, wie sie zum Baum ging und dort in die Luft fühlte, wo mein Stock gewesen. Aber da war in ihrer Handhöhe weder oben noch unten irgendein Zweig am Stamm. In doppelter Menschenhöhe erst setzten die Zweige der Tanne an.

Sie sah sprachlos am Baum empor und begriff jetzt erst, dass sie sich getäuscht haben müsse.

»Aber es war doch ein daumendicker Ast da«, hörte ich sie versichern.

»Was du gesehen und gefühlt hast, braucht noch lange nicht ein Ast gewesen zu sein«, höhnte der junge Mann.

»Es war ein Ast. Ich habe das Holz gefühlt. Wo ich bin, ist die Welt immer verhext«, erklärte sie zuletzt. »Denke dir, was mir gestern wieder passiert ist!«

Sie kamen beide im Sprechen näher zur Bank, auf der ich mit hochgeschlagenem Mantelkragen und mit in die Stirn gezogener Pelzmütze saß und in den Himmel starrte. Ich brauchte bei ihrer Kurzsichtigkeit nicht zu fürchten, dass sie mich erkennen würde. Sie ließ sich in der Mitte der Bank nieder, kaum eine Handbreite von mir weg, während ihr Begleiter sich neben sie setzte.

»Gestern Abend, als du nicht kamst, wollte ich mir die Zeit vertreiben, und da ich Appetit auf einen Pfannkuchen hatte und ich seit Ewigkeit keinen selbstgebackenen Pfannkuchen gegessen habe, ging ich aus, um alles zum Backen

Nötige einzukaufen. Ich kaufte die Sachen gleich in allernächster Nachbarschaft, Milch, Mehl und Eier. Unterwegs kam ich an einem Postkartenstand vorbei, wo in kleinen offenen Kasten Ansichtspostkarten geschlichtet lagen. Ich bücke mich mit Milchflasche, Mehltüte und Eiertüte und gehe langsam an dem Kasten entlang und betrachte mir die Postkarten. Plötzlich höre ich einen glucksenden Laut und sehe, dass die letzten Tropfen meiner Milchflasche auslaufen. Ich hatte beim Entlanggehen an dem Kasten meinen ganzen Milchvorrat über die verschiedenen Serienfächer des Ansichtskartenverkaufes gegossen, denn der Kork hatte sich von der Flasche gelöst. Ich war außer mir vor Schrecken und rannte davon.

In meiner Aufregung presse ich aber unterwegs die Mehltüte und das Eierpaket fest an mich, um sie ja nicht zu verlieren. Bei meiner Haustür angekommen, scheint mir die Mehltüte unverhältnismäßig dünn geworden zu sein. Ich ahne nichts Gutes und bemerke auch zugleich hinter mir eine weiße Mehlfährte, die von der Postkartenhandlung bis zu meiner Haustüre führte. Die Tüte war geplatzt, und das Mehl war ausgelaufen. Ich warf die leere Tüte in den Rinnstein. Als ich oben in meinem Zimmer die Eiertüte öffnete, war nur noch eine gelbe Brühe und zerbrochene Eierschalen im Papier. Verzweifelt habe ich mich aufs Sofa gesetzt, habe gehungert und geweint und endlich musiziert.«

Diese letzten Worte sprach die Kurzsichtige zu mir, denn sie hatte wahrscheinlich vergessen, auf welcher Seite der Bank ihr Begleiter saß. Dann nahm sie ihr Lorgnon, und ich dachte schon, sie wolle sich klarmachen, dass sie nach der falschen Seite hinsprach. Aber nein. Sie betrachtete meinen

Stock, griff mit der Hand danach, immer noch meinend, dass ich ihr Begleiter sei, und rief jubelnd:

»Da hast du ja den Baumast in der Hand! O, du Falscher, du hast ihn heimlich abgebrochen, damit ich glauben sollte, ich hätte mich geirrt.«

»Entschuldigen Sie, das ist mein Stock«, erwiderte ich ruhig und stand auf.

Ich wusste, sie hatte meine Stimme erkannt, denn es wurde grabstill neben mir. Da rief der junge Mann, der während der ganzen Zeit mit dem Opernglas den Himmel abgesucht hatte, laut:

»Ich habe den Kometen gefunden!«

Ich hörte noch, wie sie tief aufatmete und doppelsinnig sagte: »Ich habe auch einen entdeckt, trotz meiner Kurzsichtigkeit, aber er ging so schnell, wie er einmal kam.«

ELSE LASKER-SCHÜLER

Das erleuchtete Fenster

Schon als Schulmädchen standen ich und meine Freundin am Abend mit Vorliebe vor erleuchteten Fenstern und phantasierten Geschichten, die mir heute nie einfielen. Ich weiß nicht, ob alle Kinder gerne durch helle Fenster schauen im glitzernden Dunkel wie durch Ostereier ins Feenreich. Zu unserer Lieblingsbeschäftigung wenigstens gehörte es, und wir zauberten hinter dem Glas der Abendstunde unvergessliche Träume. Auf die schwarzmilchige Wupper unserer Heimat starren mysteriöse finstere Häuser aus Schiefer in den schwarzen Simili des Wassers. Diese Arbeiterbaracken mit ihren Gucklöchern hatten uns behext und unsere Sinne gespenstert. Meine Freundin hieß Martha Schmidt. Ihr Vater war immer freundlich zu uns »Busenfreundinnen«. Es grüßte stets in seinem bartumrahmten Gesicht, auch dann, wenn er über die schlechten Zeiten klagte. Wie Marthas weise Mutter stellte ich mir die Kassandra aus dem Weltgeschichtsunterricht unserer Schule vor. Frau Schmidt prophezeite jedenfalls genau so sicher wie Trojas Tochter, wenigstens uns beiden sagte sie alles voraus, wenn wir unsere Aufgaben durch unausgesetztes »Aus-dem-Fenster-Gucken« kichernd im Galopp zusammen hergestellt hatten. Die Klassiker konnte »Frau Emilie« so nach dem Schnürchen auswendig, und manchmal fühlte sie sich berufen, uns Mädchen des Altmeisters Iphigenie oder Friedrich v. Schillers Glocke zu deklamieren. Uns rannen die Tränen vor Lachen übers Gesicht, unbemerkt von der in Ekstase sich bäumenden Frau. In ihrer Heimat fiel sie einmal, vertieft im Studium Kotzebues, aus dem zweiten Stock des Hauses auf die erschrockene Straße, worauf boshafte Zeitungen von der gestürzten Literatur berichteten. Martha und ich hatten sie aber beide lieb, sie hatte immer für uns eine kleine Überraschung in der Tischschublade, die uns den Schulgang versüßen sollte, denn die Schule war was Schauderhaftes für uns Schwärmerinnen, eine Strafe, die wir zehn Jahre unschuldig abzusitzen verurteilt waren. Ihr zu entrinnen für ein paar Tage, verdanken wir – auf Verabredung – unseren leicht entzündbaren Mandeln und übertriebenen Schluckbeschwerden. Nachmittags besuchten wir uns heimlich mit verbundenen Hälsen; ich schlich mich, in der Zeit meine Angehörigen beim Kaffee saßen, aus der Gartenpforte, lief auf Umwegen im großen Katzenbuckelbogen über den Rücken der Stadt zur Martha, die schon auf dem Bettrand angekleidet auf mich harrte. Herr Schmidt meinte, unsere Erkältung komme von vielem aus dem Fenster Gucken in der fröstelnden Abendstunde, nahm seinen silbernen Zahnstocher sorgfältig aus dem Etui und reinigte seine Zähne von den Resten der leckeren Apfelküchelchens, die er, zwischen uns Mädchen sitzend, mit großem Appetit verzehrt hatte. Ich wippte nur immer vom Sitz des Stuhles auf, jedes Mal, wenn er zwischen seinen Zähnen zirpte, dazu die Reihe morscher Beißer hinter seinen Lippen wackelten. Er merkte nicht das Geringste von meinem Unbehagen, im Gegenteil, wenn sich seine Tochter über meine Nervosität totlachen wollte, bewog es ihn mit desto freundlicherem Verständnis für mich und seine Martha gefräßig mit einem verstärkten Pfiff durch die Lücke des riesenlangen Eckzahns zu schnalzen, als ob er alle unsere Geheimnisse wisse und sie mit uns bewahre hinter seiner peinlich gestärkten Hemdenbrust. Wenn der große Baum auf dem Hof seines Hauses recht fett und saftig im Laube stand, bedauerte Vater Schmidt jedes Mal, nicht ein Kälbchen zu sein. Ich und Martha aber verschwanden nach dem Abendbrot in ihrer Eltern Schlafkämmerchen. Von dort beobachteten wir das erleuchtete Fenster vom gegenüberliegenden Hause, Schulter an Schulter gelehnt. Hinter den Seidengardinen, in Wirklichkeit einem Gewebe aus Zwirn, wohnte ein indischer Prinz, für den wir beide lebten mit unseren elfjährigen Feenherzen, von dem wir beide fabulierten, bis wir rücksichtslos auseinandergetrieben wurden. Manchmal aber schlief ich bei Martha die Nacht. Sie lieh mir dann eines ihrer Nachtkleider, sie war kleiner als ich, und es reichte nur für mich bis zum Knie, und ich schämte mich dann jedes Mal im Traum vor dem exotischen Königssohn in Prachtgewändern und Turban. Gewöhnlich aber kam vorher mein Papa in seiner donnernden Gangart, eine ganze Schwadron, die enge Straße fluchend heranmarschiert und pflanzte sich vor Marthas Elternhaus schmetternd auf. Und wenn es mitten in der Nacht war, ich musste aus süßem Schlummer ohne Erbarmen mit nach Hause kommen! Dafür aber steckte er meine kleine Hand in seine große Manteltasche, aus der ich mir einen Meerrettichbonbon oder einen gläsernen Kragenknopf oder von seinen Spielsachen den buntgeringelten Kreisel holen durfte. Als der Zirkus Renz in unserer Stadt mit seinen Reitern und Reiterinnen, fünfundzwanzig Rieseneleфanten, vierzehn Kamelen, einem Albinodromedar, einem Schimpansen, sechzig Araberpferden, Zebras, dressierten Löwen, einer Giraffe, Clowns und dem hervorragenden August einzog, war der Königssohn von Benares vergessen. Die bisher nie dagewesenen Wasserschaustücke, Elfenballetts bewunderten wir schon an allen Säulen auf den bunten Plakaten. Seitdem versuchten Martha und ich jeden Abend meinen Vater in seinem Bureau zu bewegen, mit uns in den Zirkus zu gehen. Wir empfanden »ihn« in schneeweißem Haar dennoch wie unseren Spielgefährten. Er konnte den Abend, seitdem Renz am Brausenwert seinen Zirkus aufgeschlagen hatte, »es selbst nicht erwarten«, und er lauerte auf uns zwei Kinder schon, wenn es dämmerte. Aber jedes Mal ließ er sich wieder von Neuem von uns drängen und quälen, und oft kletterten wir ihm bis aufs Dach des von ihm neuerbauten Aussichtsturmes nach. Wir hatten uns nämlich in »Joy Hodgini« ... verliebt, namentlich ich, ja, er war mein Ideal, meine allererste wahre Liebe. Auf seinem goldblonden Lockenkopf den steifen Filzhut aus der Stirn lässig in den Nacken gestülpt, dazu schmachtende, schwarze Augen, ein gepudertes, übernächtigtes, englisch geschnittenes Antlitz – so begegnete er mir allein zum ersten Mal auf der Königstraße. Ich rannte zu meiner Freundin! Mit ihr gemeinsam und mit der ganzen 7. Klasse, die ihn schon längst entdeckt hatte, trabten wir hinter dem bezaubernden Jokei her, der sich ab und zu umwandte und uns gnädig mit seiner schmalen Hand – Kusshände – zuwarf. Man denke: schwarze Augen und goldblonde Haare! Täglich um 12 Uhr begann vom Start des Schulhofes das Wettrennen; und doch – liebte er mich nur –, was mir Martha heroisch zugab. Seitdem weigerte ich mich, meinen Ranzen weiter auf dem Rücken zu tragen, dafür hielt ich immer eine aufgeblühte Rose von unserem Trauerrosenstrauch für »ihn« aufrecht in der Hand, bis Martha sie mir eines Tages aus den Fingern entschlossen riss und die wartende Blume dem Joy zu Füßen warf, auf mich weisend: »Von Else Schüler«. Es war sein holdes Lächeln, da wir ihn Traumbild nannten, um immer unauffällig von ihm sprechen zu können, und auch wo er wohnte, hatten wir Schlauberger herausgekriegt, und es erfüllte uns mit Stolz, Zeuginnen zu sein, wie er sich hinter dem erleuchteten Mondstein seines Fensters die rote Krawatte band in allerhand Variationen. Wir promenierten auf Fußspitzen vor seinem Hause auf und ab, bis einmal seine Schwester Nelly, die Seiltänzerin, mit meinem ältesten Bruder, der in Joys Schwester verliebt war, sich am Fenster zeigte und uns beiden Freundinnen mit Odeur bespritzte, nach dem wir noch Tage dufteten und das uns kennzeichnete. Das dritte erleuchtete Fenster aber war ein großes Bogenfenster gewesen im Treppenhaus, vom Treppenhaus unserer Flur aus gesehen, über unsere Gasse hinweg in einem fremden Birnengarten. Mit Allerleifurcht blickte ich durch den mysteriösen Bogen, dahinter ein altes Mütterchen die Wäsche der Familie des Hauses wusch. Aber ich verwandelte die greise Wäscherin in einen Wunderrabbiner, von dem ich erst vor einigen Jahren ein Büchlein schrieb, in dem die Juden einen sicheren Palast Ihm bauten, dessen Kuppel Ihn schütze vor Ungemach. Vierteljahrhundert gärte diese Dichtung in meinem Herzen, wurde ein Weinberg, alter, spanischer Wein, sternenjährige Judenrebe. Mit der Kunst ist es nämlich wie mit dem Rebensaft. Je länger sie sich im Gewölbe des Herzens entfaltet, desto schwerer wird sie. Meiner teuren Mutter, die ich, seit sich mir das Bogenfenster offenbarte, abends auf dem Weg zum Schlafengehn bange zu umklammern pflegte, erzählte ich mit großaufgetanen Augen das Geheimnis des erleuchteten Glases. »Du bist eine Dichterin«, sagte meine Mutter. Und dass sie nun tot ist und nicht leibhaftig teilnehmen kann am gedeckten Mahle meiner Verse, betrübt meine Seele. Sie ist im Himmel, und wenn Abendrot ist, suche ich nach ihr hinter dem erleuchteten Granat des Wolkenfensters. Es ist Nacht geworden. Mir fällt einer meiner Freunde ein, für den ich von jeher große Sorgfalt hegte; denn schon als Kinder spielten wir mit Murmeln in der Gasse, schaukelten auf den Wiesen auf kreuz und quer übereinandergelegten Brettern, schlitterten über zugefrorene Gossen, als die Welt noch hinter frischer Gaze lag, als es noch erleuchtete Fenster gab. Wir wandelten auf ein solches Wunderfenster zu, ampelgedämpftem müden Glase. Mit dem Anblick seiner ehemaligen Schulfreunde, zwei Pharaonen, gedachte mein Begleiter mich zu überraschen. Erwartung stärkte unseren Widerstand gegen den scharf gerüsteten Winterabend. »Es wird dir nicht leidtun, ausgeharrt zu haben!«, ermunterte mein Begleiter mich. Doch Amenophis, noch Tut en Chamon entstiegen ihren Sarkophagen. Die gehobene Stimmung aber, die uns unser Warten kredenzte, genossen wir aus der Schale des Mondes. Die unerfüllte Erwartung vor einem erleuchteten Fenster befestigt das Herz und füllt es mit Ewigkeit. Nur ein Polizist darf nicht kommen, selbst ein liebenswürdiger nicht, wie die Polizisten heute zu den Gentlemen der Straßen zählen. Der damalige trug einen Mantel aus Schneeflocken, zwei gebogene Eiszapfen konservativ über der Oberlippe schneidig und sagte: »Es ist Winter – merken Sie das nicht?«

FRANZISKA GRÄFIN ZU REVENTLOW

Das Jüngste Gericht

Es war am Vorabend des Jüngsten Gerichts.

Petrus und der liebe Gott pflegten Rat miteinander. Sie waren in einiger Verlegenheit, wie die Sache gehen sollte.

»Petrus, wie soll es nur werden?«, seufzte der liebe Gott. »Wir sind gar zu sehr aus der Zeitanschauung herausgekommen. Und da kommen nun alle diese modernen Menschen und sind eine ganz andere Art von Rechtsprechung gewöhnt, und wir –«

Petrus hatte erst schweigend zugehört, dann seufzte er: »Gottvater, wir sollten einen Staatsanwalt zum Beistand haben. Siehst du, die Leutchen auf Erden können sich keine Gerichtsverhandlung ohne Staatsanwalt vorstellen. Und sie haben recht. Wer soll denn anklagen? Für dich schickt sich das nicht. Der oberste Richter kann doch nicht die Anklage führen. – Das Prinzip der Milde und Gerechtigkeit würde darunter leiden. Und ich? Man weiß ja, wie die Leute sind. Sie könnten mich für parteiisch oder am Ende gar für bestechlich halten. Und dann träfe es sich gerade gut. Gerade gestern haben wir einen Staatsanwalt in die Juristenabteilung des Fegefeuers bekommen. – Die Herren sollen ja heutzutage Kolossales in der Rechtsprechung leisten.«

Aber der liebe Gott wollte nicht recht dran. Er meinte, es müsse auch so gehen. Die Zuziehung eines Staatsanwalts sei ja doch im göttlichen Weltplan von Anbeginn nicht vorgesehen.

Sankt Petrus wagte nicht weiter zu widersprechen. Die Sache hatte ja auch immerhin ihre Bedenken.

Der jüngste Tag brach an. Auf Erden herrschte ein furchtbares Durcheinander, die Erde drehte sich nicht mehr, die Sonne hatte aufgehört zu scheinen. Die Gräber taten sich auf, und mit Entsetzen sah man seine guten Freunde wiederauferstehen.

Die rechtgesinnten Menschen erfassten sofort die Sachlage und fingen an zu beten und sich zu bekehren. Die Lasterhaften und Verstockten dagegen beeilten sich noch, die wüstesten Gelage und Orgien zu veranstalten, weil sie in ihrem sträflichen Materialismus meinten, es sei ja nun doch alles vorbei.

Im Himmel war die Konfusion womöglich noch größer. Der liebe Gott und Petrus saßen vor ihren großen Büchern, suchten, zählten und verglichen um die Wette. Da waren die Geburts- und Todesregister, die Himmel-, Höllen- und Fegefeuerlisten. Da waren die Kontobücher – auf der einen Seite standen die Sünden, auf der anderen die guten und verdienstlichen Werke der Menschheit aufgezeichnet.

Manches Mal konnte der liebe Gott sich nicht durchfinden, und Petrus schlug das Gewissen. Die Buchführung war seine schwache Seite, und er hatte es manchmal nicht ganz genau damit genommen. Gewöhnlich hatte er sich dabei beruhigt, dass es am Ende gar nicht zum Jüngsten Gericht kommen würde.

Und nun war es da. – Kalter Angstschweiß trat dem armen Petrus auf die Stirn. Verstohlen blickte er zu Gottvater hinüber. Der legte gerade die Feder aus der Hand und sagte nach längerem Nachdenken: »Petrus, weißt du, ich glaube, die Idee mit dem Staatsanwalt wäre doch nicht ganz ohne. Wir finden uns da sonst nicht zurecht. Die Rechtsanschauungen haben sich gerade in letzter Zeit so sehr verschroben.« – Der liebe Gott versprach sich, er meinte verschoben – Petrus merkte es, aber wagte nicht, ihn zu verbessern.

Voller Freude suchte er den Schlüssel zur Juristenabteilung und begab sich ins Fegefeuer. Als er zurückkam, erschien mit ihm ein Herr in der üblichen Büßertracht, der mit kalten, unbestechlichen Blicken um sich schaute. Er stellte sich dem lieben Gott als Staatsanwalt Donnerschlag vor. »Freut mich, klingt sehr vielversprechend«, sagte der liebe Gott, die Verbeugung erwidernd, »Petrus, du magst einstweilen die Leute versammeln und eine provisorische Scheidung vornehmen, du weißt ja, die Schafe zur Rechten, die Böcke zur Linken.« – »Wir pflegen uns hier nämlich bildlich auszudrücken, das ist so die Tradition«, fügte er zum Staatsanwalt gewendet hinzu.

»Sie, Herr Donnerschlag, sind wohl so freundlich, einstweilen die Register durchzusehen und sich etwas zu orientieren. Petrus hat Ihnen wohl schon gesagt, was uns veranlasst hat, Sie um Ihren fachmännischen Beistand anzugehen. – Ich habe jetzt noch alle Hände voll zu tun. Auf Wiedersehen!«

– Der Gerufene setzte sich vor die Bücher, zog eine Miniatur-Westentaschenausgabe des Strafgesetzbuches hervor, las, schlug auf und machte Notizen.

Endlich war alles so weit. Das Jüngste Gericht konnte beginnen.

Petrus hatte die provisorische Einteilung in Gerechte und Ungerechte sehr geschickt arrangiert.

Die Gerechten begannen vorlaut ein Halleluja anzustimmen. Ein Teil der Verdammten betete und flehte um Gnade, andere tobten, ein paar alte Schiffskapitäne fluchten sogar. Als man es ihnen verwies, behaupteten sie, man gewöhne es sich im Fegefeuer an.

Die Glocke des Präsidenten erscholl, und der liebe Gott hielt eine der Gelegenheit angemessene Thronrede, in welcher er sein Programm kundtat. Dann stellte er der Versammlung den Staatsanwalt Donnerschlag vor, was mit allgemeinem Gemurmel begrüßt wurde. Herr Donnerschlag ignorierte diese zweifelhafte Kundgebung vollkommen. Er glaubte, die Beförderung zum himmlischen Justizminister schon ganz sicher in der Tasche zu haben.

Nun intonierte das Orchester »Heulen und Zähneklappern« nach einem eigens für diesen Tag von einer einflussreichen Persönlichkeit komponierten Motiv.

Petrus musste das Buch des Lebens herbeibringen, und die Verhandlung konnte beginnen.

»Es geht nach dem Alphabet, Herr Staatsanwalt«, bemerkte der liebe Gott. –

»Adam«, begann Herr Donnerschlag mit weithin vernehmlicher Stimme.

Ein Gemurmel äußersten Unwillens erhob sich von allen Seiten. Im Hintergrund wurde sogar gezischt. Sankt Petrus konnte sich eines Lächelns nicht verwehren. Da standen sie ja, die beiden Sünder, die so viel Unheil angerichtet hatten.

Eva hatte die eine Hand, in der sie den berühmten Apfel hielt, auf dem Rücken versteckt, und beide waren äußerst verlegen. Sie schienen sich in der großen Versammlung zu schämen, da sie so wenig anhatten. »Passons là-dessus«, warf der liebe Gott in jovialem Ton ein und sagte dann leise zum Juristen, als er dessen Brillengläser verwundert auf sich gerichtet sah: »Entschuldigen Sie, Herr Staatsanwalt, mit Adam und Eva ist das so eine besondere Sache. Sie verstehen – der göttliche Weltplan –.«

Herr Donnerschlag wollte etwas entgegnen, aber jetzt hatte Eva sich halb umgewandt und warf ihm über die Schulter einen Blick zu, der ihn entwaffnete. »Gut denn, lassen wir die Sache ruhen, handelt sich ja auch nur um leichte Delikte – Mundraub.«

Er murmelte noch etwas vor sich hin und fuhr dann mit der Verlesung fort: »Abel! – hat sich früh der himmlischen Gerechtigkeit entzogen, indem er vorgab, von seinem Bruder Kain, einem notorischen Mordbuben, umgebracht worden zu sein. – Ich beantrage die Vorführung.«

Petrus und der Herrgott wechselten einen ratlosen Blick, aber Petrus fasste sich schnell und erklärte kurz und bündig, die Sache habe längst eine andere Aufklärung gefunden. Man habe Abel seinerzeit einen Abonnementsplatz im Himmel eingeräumt, und er sei unbedingt unter die Gerechten zu klassifizieren – was auch geschah.

»Bebel«, las der Staatsanwalt mit einem tiefen Seufzer der Befriedigung – endlich fing er an, sich heimisch zu fühlen.

»Gehört doch nicht hierher«, rief der liebe Gott entrüstet, »bitte im Alten Testament fortfahren.«

Petrus bekam einen zornigen Blick, diese unordentliche Buchführung. Es war wirklich zu arg.

Das eben aufgeflammte Feuer in den Augen des Staatsanwaltes erlosch. Enttäuscht und abgekühlt las er weiter: »Abraham.« –

Wieder wurde interpelliert. Der Himmelvater war hinter den Verlesenden getreten und raunte ihm zu: »An Abraham dürfen wir nicht rühren. Bedenken Sie doch, der

Stammvater des Volkes Israel. Sie begreifen, es sind die Prinzipien, die aufrechterhalten werden müssen.« –

Und die Musik spielte einen Tusch, während Abraham unangefochten zu den Gerechten passierte. Jakob und Esau machten einen Versuch, sich ihm anzuschließen, wurden aber zurückgehalten. Ihnen ahnte Schlimmes.

Jetzt wurde eine Schar verwilderter Zuchthäusler durch einen Gendarmen vorgeführt. Sie hatten rote Kokarden an den Hüten und sangen die Marseillaise. Es waren die Kinder Korah.

»Korah und Genossen«, begann Herr Donnerschlag, »mehrfach vorbestraft wegen Aufruhrs und Zusammenrottung.«

Es wurde beraten. Der Staatsanwalt beantragte lebenslängliche Höllenstrafe und Stellung unter Polizeiaufsicht wegen Gemeingefährlichkeit der in Frage kommenden Individuen. Auch seien denselben die bürgerlichen Ehrenrechte abzuerkennen.

Petrus warf sich zum Verteidiger auf. Er meinte, man müsse mit der noch besserungsfähigen Jugend nicht so hart verfahren. Aber Herr Donnerschlag hielt ihm entgegen, es könne der zunehmenden Entsittlichung und inneren Zersetzung des Volkes durch dergleichen rot angehauchte Bestien nicht scharf genug entgegengearbeitet werden. Er wusste diese Anschauung so plausibel zu machen, dass einstimmig auf Vollstreckung des Urteils erkannt wurde.

Man machte kurzen Prozess mit der Rotte. Die Höllenversenkung wurde in Tätigkeit gesetzt, und die Kinder Korah verschwanden mit einem Hoch auf die Anarchie in der Tiefe.»Nun hat es doch endlich mal jeklappt«, ließ sich ein

Eckensteher aus der Schar der Gerechten vernehmen. – Plötzlich entdeckte man, dass auch der Gendarm mitverschwunden war. Jemand wollte gesehen haben, wie ein Kind Korah ihn böswillig mit hinabgezogen habe.

Der Staatsanwalt beantragte Wiederaufnahme des Verfahrens, aber Petrus erklärte ihm, dass das bis zur nächsten Höllenrevision warten müsse. Augenblicklich würden weder die Angeklagten noch die Opfer vernehmungsfähig sein.

Herr Donnerschlag war just in seinem Element und begann Exempel zu statuieren, dass es eine Lust war. So wütete er mit verfassungsmäßiger Schneidigkeit durch die zwei Bücher Josua und das Buch der Richter hindurch, dass dem lieben Gott angst und bange wurde.

Heimlich rief er Petrus beiseite, um Rücksprache mit ihm zu nehmen.

»Petrus, was sollen wir machen, der Mann wächst uns über den Kopf. Dein Rat war gut, aber ich wollte, du hättest ihn mir nicht gegeben. – Wo der Donnerschlag nur all die Paragraphen hernimmt. Für jeden hat er einen, der für ihn passt. Was sollen wir denn anfangen, wenn er an die Könige kommt mit den fatalen Weibergeschichten. Das gibt noch den reinen Kolonialskandal.«

»Es ist recht peinlich«, sagte Petrus nachdenklich. »Im schlimmsten Falle müssen wir den Teufel durch Beelzebub austreiben und –«

»Das geht nicht«, antwortete Gottvater entsetzt, »das wäre doch zu mittelalterlich possenhaft.« – »Ich meine es ja nur bildlich«, sagte Petrus mit Würde. – Die Unterhaltung wurde jäh unterbrochen durch ein wüstes Getöse, Musik, Lärmen, Durcheinanderrufen.

»Um Gottes willen«, schrie Petrus, »sie sind schon bei David, und wir haben nicht aufgepasst.«

Es hatte seine Richtigkeit. Schon hatte Herr Donnerschlag seine Anklagen vorgebracht, die in schwerer Menge auf den König von Israel herabregneten. David ließ sich aber nicht einschüchtern, sondern tanzte mit seinen Hofschranzen vor der Bundeslade, während das Getöse der Harfen, Zimbeln und Pauken durch den Himmel erschallte.

Petrus hatte seine schwere Mühe, alles wieder zur Ruhe zu bringen. Mehrmals musste die Glocke des Präsidenten ertönen, bis die Verhandlung weitergehen konnte.

Nun begann Sankt Peter mit Gewandtheit die Verteidigung, aber es war ihm nicht möglich, den eklatanten Beweisen gegenüber durchzudringen, die Herr Donnerschlag auf den Tisch des Hauses niederlegte. Da war der Uriasbrief. Petrus und Gottvater konnten nur mit Mühe ihr Erstaunen darüber ausdrücken, wie der in die Hände der Staatsanwaltschaft gelangt sein konnte.

Der Staatsanwalt beantragte für den König David eine halbe Ewigkeit schwerer Höllenpein wegen Ehebruchs und Totschlags.

Vergebens suchte Petrus darzutun, dass Ehebruch Privatsache sei und nur auf Antrag des armen seligen Urias hätte verfolgt werden können und dass man an dem Tode des Letzteren doch nicht unbedingt den König beschuldigen könne. Derselbe habe nur angeordnet, dass Urias während der Schlacht an einem exponierten Platz Posten stehen solle. Das müsse jeder Soldat. Es könne hier also höchstens von einem Dolus eventualis die Rede sein.

»Der Petrus hat wirklich schon etwas profitiert«, dachte der liebe Gott, der ganz verwundert dem glänzenden Plädoyer zugehört hatte. Aber gegen Herrn Donnerschlag kämpfte selbst Petrus vergebens. Mit dem kostbaren Beweisstück, mit einem Hagel von Paragraphen und mit der festen Absicht, dem lasterhaften Judenkönig eins auszuwischen, trug der findige Mann des Rechts den Sieg davon, und das Unerhörte geschah. David musste zur Hölle fahren. Für Sack und Asche war es zu spät. Nun hatten ihm alle seine Psalmen doch nichts geholfen. Verstimmt trat er die Fahrt an, mit seinen Zimbeln und Pauken zu einem letzten Tanz aufspielend.

Der ganze Himmel war skandalisiert. Petrus und der liebe Gott schauten sich verzagt an. Jetzt sollte Hiob drankommen.

»Gottvater«, flüsterte Petrus, »lass mich nur machen, ich werde Rat schaffen.«

»Mach, was du willst«, sagte der liebe Gott ganz apathisch, »nur rette mir meinen Knecht Hiob.«

Sankt Peter entfernte sich schleunigst.

Während seiner Abwesenheit saß der liebe Gott wie auf Kohlen und musste zuhören, wie der Staatsanwalt fortfuhr, ihm sein bestes Himmelsmaterial mit Hilfe dieses entsetzlichen Strafgesetzbuches zur Höllenware zu stempeln.

Hiob, der hart mitgenommene alte Mann, dem er, der Himmelsvater, längst ein Rentengut zugesichert hatte, wo er sich von den Strapazen seiner Heimsuchung erholen konnte, wurde der Majestätsbeleidigung geziehen. Und da sollte man noch ruhig sitzen und zuhören. Empört sprang der liebe Gott auf und übernahm dieses Mal selbst die Verteidigung:

Da hätte er denn doch noch ein Wort mitzureden. Die Sache sei überhaupt zwischen ihm und Hiob längst zur beiderseitigen Zufriedenheit beigelegt worden, da man sie nun aber noch einmal an die Öffentlichkeit gezerrt habe, so müsse er denn doch die Ansicht betonen, dass sich Hiob allerdings im Übermaß seiner Schmerzen einer Gotteslästerung schuldig gemacht, aber wenn er selbst – Gottvater – »Gotteslästerung mit Gefängnis bis zu drei Jahren bestraft, § 16,6«, warf der Staatsanwalt ein.

Der liebe Gott konnte vor Zorn nicht weiterreden, und der Staatsanwalt setzte nun auseinander, wie hier nach seiner Auffassung unbedingt eine Majestätsbeleidigung zu konstruieren sei, insofern, als für Hiob in diesem speziellen Fall eine Identität der himmlischen und irdischen Staatsgewalt vorgelegen habe. –

Petrus war inzwischen wieder erschienen. In seiner Begleitung erblickte man einen allgemein bekannten Nervenarzt, der seinerzeit auf Erden durch seine tiefsinnigen Lehren über Suggestion und Gegensuggestion manchen Raubmörder den Händen der strafenden Gerechtigkeit entrissen hatte.

Ein alter Russe mit Heiligenschein und apostolischen Allüren machte die Umstehenden auf die ausgeprägte Schurkenphysiognomie des neuen Ankömmlings aufmerksam.

Jetzt unterbrach Petrus den Staatsanwalt mitten im schönsten Reden, was dieser nicht gern sah, aber er hatte längst gemerkt, dass man es mit dem Alten nicht verderben dürfe. So ließ er resigniert die Zeugen abtreten. Es waren die drei Freunde Hiobs, die mit ihren langen Reden und weisen Bemerkungen die Versammlung schon aufs Höchste irritiert hatten. Es wurde eine Erholungspause gemacht und während derselben die landesüblichen Erfrischungen herumgereicht, welche aus Heuschrecken und wildem Honig bestanden.

Dann ertönte wieder die Glocke, und diesmal ergriff Petrus zuerst das Wort. Er redete erst von der hohen Bedeutung des Tages, sprach dann über Gerichtswesen im Allgemeinen und über das Wesen des Jüngsten Gerichtes im Speziellen, erwähnte ferner, dass eine nicht zu verkennende Missstimmung über einige der heute gefällten Urteile in der Versammlung herrsche. – Einige scheelsüchtige Böcke hätten zwar triumphiert, aber unter den Schafen herrsche große Trauer. –

Hier lächelte Herr Donnerschlag satanisch. – Er, Petrus, mache deshalb den Vorschlag, dass ein Schwurgericht zusammentreten solle, das jedes Mal nach eingehender Beratung den endgültigen Urteilsspruch zu fällen habe.

Ein beifälliges Gemurmel ging durch die Versammlung. Der liebe Gott atmete auf: Wenn man die Geschworenen richtig zusammenstellte, konnte Hiob noch gerettet werden. Und vielleicht waren auch noch Aussichten für David. Man musste ihm sofort telefonieren, dass er Revision gegen das vorhin gefällte Urteil einlege.

Der Staatsanwalt protestierte heftig. Aber der Redner war noch nicht zu Ende. Nachdem der Beifall sich gelegt, fuhr er fort: Er habe außerdem die Absicht, eine anerkannte ärztliche Autorität als Sachverständigen heranzuziehen – hier machte der Arzt eine tiefe Verbeugung gegen die Anwesenden. – Als Sachverständiger, der vor und nach jedem Urteilsspruch den Geisteszustand aller Beteiligten aufs Genaueste zu untersuchen habe. Es sei in letzter Zeit so oft nachträglich die geistige Zurechnungsfähigkeit eines Verurteilten oder seines Richters angezweifelt worden. Hierzu komme noch, dass die Leute durch den Aufenthalt im Fegefeuer sehr oft ihre geistige

Frische einbüßten. Man kann nicht nachsichtig genug vorgehen.

Ein rasender Beifallssturm machte den Himmel erbeben und übertönte die Worte des Herrn Donnerschlag, der sich Gehör zu verschaffen suchte. Er war der Erste, der sich der Untersuchung durch den skeptisch blickenden Arzt unterziehen musste, während Petrus und der liebe Gott sich mit der Auswahl der Geschworenen beschäftigten. Die bewährte Einteilung in Böcke und Schafe wurde auch hier festgehalten.

Als alles arrangiert war, wurde der Fall Hiob von Neuem aufs Tapet gebracht. Der Arzt stellte zeitweilige geistige Störungen fest, an denen der alte Mann gelitten habe, und die Geschworenen verneinten die Schuldfrage.

Das Urteil erregte allgemeine Befriedigung. Die Gerechten frohlockten, und manchem Verdammungskandidaten wurde leichter ums Herz. Der liebe Gott telefonierte an David, und der degradierte König beging in der Hölle einen Freudentanz.

Herr Donnerschlag war außer sich. Seine Ausdrucksweise war fast unehrerbietig.

»Petrus«, sagte der liebe Gott leise zu diesem, »wir müssen sehen, ihn loszuwerden. Er macht sich unmöglich und kompromittiert uns.«

»Nur abwarten«, meinte Petrus, »vielleicht können wir ihn unter Kuratel stellen lassen.«

Er nahm den Arzt beiseite und besprach sich mit ihm. Aber sie wurden gleich wieder unterbrochen.

Ratlos stürzte der liebe Gott herbei: »Um Himmels willen, Petrus, wo bleibst du? Alles steht auf dem Kopf. Nun sieh selbst, was du angerichtet hast mit deinen Geschworenen. Eben haben sie die Jesabel freigesprochen, und jetzt ist Kain dran. Den bringen sie mir womöglich auch noch in den Himmel, deine Geschworenen!«

Dem armen Petrus wirbelte der Kopf. Heute musste auch alles schiefgehen.

Allgemeine Panik hatte die Versammlung ergriffen. Jesabel wandelte mitten unter den Gerechten und zog drei Foxterrier an der Leine hinter sich her. Vor den Geschworenen stand Kain mit rohen Landstreichermienen und leugnete hartnäckig. Seine Manieren hatten einen unangenehm arbeitslosen Anstrich.

Auch aus der Hölle ertönte wilder Aufruhr. David tanzte, und die Kinder Korah brachten ein dröhnendes Hoch auf das Proletariat der Zukunft aus. Nur der Geistesgegenwart Sankt Peters gelang es, die Situation zu retten. Er erklärte der gespannt aufhorchenden Versammlung, das Jüngste Gericht müsse unlösbarer Schwierigkeiten wegen einstweilen vertagt werden.

Alles atmete auf. Nur Herr Donnerschlag stand wie angewurzelt da.

Der liebe Gott begann die nötigen Befehle zu erteilen, und die himmlischen Heerscharen flatterten geschäftig hin und her.

Tausende von weißbeschwingten Engeln stießen in ihre Posaunen. Petrus drückte auf einen Knopf, und das große Schwungrad der Dynamo, die das Weltsystem zu bewegen hatte, begann sich langsam zu drehen. Mit donnerartigem Getöse fingen die Planeten wieder an, ihre vorschriftsmäßigen Bahnen zu wandeln.

Noch ein rasender Posaunenstoß, alles drehte sich – alles versank und verschwand. –

Mit einem lauten Ausruf des Schreckens fuhr der Rechtspraktikant Guido Kusbohrer aus dem Schlaf empor. Neben seinem Bett rasselte der Wecker. Es war höchste Zeit aufzustehen, wenn er nicht zu spät in den Gerichtssaal kommen wollte. Er kleidete sich rasch an. Der Kopf wirbelte ihm. Seine erste Verteidigung – Himmelherrgott, ob er seinen Klienten wohl durchbringen würde?

VIRGINIA WOOLF

Tagebucheinträge zu Neujahr 1920

Monks House Rodmell
Mittwoch 7. Januar

Das Jahr auf den letzten Seiten meines alten Heftes zu beginnen – den paar Seiten, die ich nicht zum Briefeschreiben herausgerissen habe – ist natürlich völlig verkehrt; paßt aber zu dieser Art Arbeit.

Heute ist unser letzter Abend. Wir sitzen am Kamin und warten auf Post – die Krönung des Tages, finde ich. Und doch hat hier jeder Teil des Tages sein Gutes – sogar das Frühstück ohne Toast. Egal wie er anfängt – er endet mir Pippinäpfeln; meistens scheint morgens die Sonne herein; wir frühstücken gutgelaunt zu Ende; & ich gehe über das frostrauhe Gras & den backsteinharten Erdboden in meine romantische Klause. Dann kommt Mrs Dedman, um Anweisungen entgegenzunehmen – in Wirklichkeit erteilt sie sie, denn unsere Mahlzeiten sind bereits in ihren täglichen Küchenplan eingebaut bevor sie kommt. Sie kocht bei uns zu Hause für uns mit. Das Ergebnis ist immer etwas Pikantes – Eintöpfe & Pürees & dunkelfarbige Gerichte in dicken Soßen mit Karotten & Zwiebeln. Mit der 18jährigen Elsie kann man reden als hätte sie schon einen eigenen Kopf. Gegen halb zwölf ist das Haus leer; leer jetzt um fünf Uhr; wir schüren uns Feuer, kochen Kaffee, lesen schließlich genüßlich, ausgiebig und in Ruhe.

Aber ich sollte die Zeit nicht mit einer Hauschronik verbringen; vielleicht habe ich mich nur faul vor der Beschreibung der wintrigen Hügel & Wiesen gedrückt – davor, festzuhalten, was mir bei jeder Wegbiegung den Atem raubt. Jetzt beispielsweise ist die Sonne herausgekommen & alle oberen Zweige der Bäume sind wie in Feuer getaucht; die Stämme smaragdgrün; sogar die Rinde hellgetönt & changierend wie die Haut einer Eidechse. Dann der Hügel von Asheham, rauchverhangen; die Fenster des langen Zuges Flecken aus Sonne; der Rauch legt sich an die Waggons wie die Ohren eines Kaninchens. Die Kreidegrube glüht rosa; & meine Feuchtwiese saftig wie im Juni, bis man sieht, daß das Gras kurz ist & rauh wie ein Hundshairücken. Aber ich könnte Seite um Seite weiter aufzählen, was mir aufgefallen ist. Jeden Tag oder fast jeden Tag bin ich an eine andere Stelle gewandert & zurückgekommen mit einer ganzen Serie solcher Übereinstimmungen & Wunder. Vom Haus aus ist man in fünf Minuten in der freien Natur, eine ziemliche Steigung über Asheham; & wie gesagt, jede Richtung lohnt sich. Einmal sind wir durchs Kornfeld gegangen & hinauf auf den Hügel – an einem trüben Sonntagnachmittag – die Straße voller Matsch, aber oben trocken. Das lange Hügelgras ausgebleicht & als wir uns den Weg hindurch bahnten, richtete sich vor uns ein Falke auf, der am Boden einer Spur zu folgen schien, als sei er mit etwas beschwert – an etwas festgebunden. Er ließ die Last fallen & erhob sich in den Himmel, als wir kamen. Wir fanden die Flügel eines Rebhuhns an einem blutenden Stumpf, denn der Falke war fast fertig mit seiner Mahlzeit. Wir sahen, wie er zurückkam, um seine Beute wiederzufinden. Weiter unten am Abhang eine große, weiße, ›wogende‹ Eule (denn so läßt sich die Art und Weise beschreiben, wie sie ein Netz um einen Baum webt – ihr federweiches Aussehen in der Dämmerung macht das Wort noch stimmiger) ›wogend in der Dämmerung‹ flog sie hinter die Hecke, als wir vorbeikamen. Dorfmädchen kehrten heim & riefen ihren Freunden in den Häusern etwas zu. So überqueren wir das Feld & den Kirchhof, finden unsere Kohlen rot durchgeglüht, toasten das Brot – & der Abend kommt.

L. hat die meiste Zeit damit zugebracht, die Apfelbäume zu beschneiden & Pflaumenspaliere anzubringen. Bei dieser Arbeit trägt er zwei Jacken, 2 Paar Socken, zwei Paar Handschuhe; trotzdem beißt die Kälte durch. Diese letzten Tage waren wie gefrorenes Wasser, vom Wind in Eisatomen an die Wange gepeitscht; dann, an geschütztem Ort, bildet es um dich herum eine stille Lache. Gestern habe ich den Weg zum Haus mit den weißen Schornsteinen ausgekundschaftet & eine grasbewachsene Zufahrt gefunden; Bäche bahnten sich einen Weg nach rechts, so blau als führten sie Meerwasser. Aus einem erhob sich eine Sumpfschnepfe und flog im Zickzack unruhig & schnell hin & her. Als ich näher kam, erhoben sich Kiebitze in Scharen & ein Nachzügler rief kiwitt, kiwitt. Dann sieht man hoch oben jenseits der Wiesen (die Post – aber nur ein Brief von Mathew) die Handvoll Saatgut im Halbkreis ausgeworfen – ich weiß nie, was für Vögel es sind. Auf dem Hügel heute nachmittag sah ich den üblichen Schwarm vor mir aufsteigen & dann im Halbkreis in die entgegengesetzte Richtung fliegen. Als ich das Tal entlangging, klang Glöckchengebimmel von einer Herde herüber, die an der grünen Talseite klebte & ganz oben zeichnete sich gegen den Himmel eine Reihe von drei großen Zugpferden ab, reglos, wie an einem Sommertag; denn sie standen neben einem Getreideschober. Und ich sehe, dies ist meine letzte Seite, also geht meine Drohung, die Dinge nur bis hierher aufzuzählen, in Erfüllung. Menschen haben weniger gezählt als rote Beeren, die Sonnen- & Mondaufgänge. Wie üblich sind weitere Briefe zu Night & Day gekommen, von Sheppard & Roger; beides Briefe wie ich sie mag; & die gute alte Kitty Maxse sieht nur Stumpfsinn, was nicht sehr verletzend ist – aber ich schäme mich, das Jahr mit solchen Klatschgeschichten zu beginnen. Ich lese Empire & Commerce mit echter Befriedigung, mit einer unvoreingenommenen Freude an der Dichte, Leidenschaft & Logik des Buches; es ist wirklich gut, ab & zu die Arbeit des eigenen Mannes aufmerksam zu lesen. Im übrigen die Education of Henry Adams & –? Ich habe meinen Artikel über Englische Prosa für Murry geschrieben; & beende jetzt Rossetti, da ich immer noch von der Times frei habe.

Samstag 10. Januar

Ach, das ist alles gut & schön, aber das Schicksal hat sich gegen eine feierliche Eröffnungszeremonie verschworen. Ja, ich habe eine neue Schreibfeder genommen; aber ich hocke aufrecht auf dem Stuhl & kann weder mit dem Lesen noch mit dem Schreiben anfangen, weil ich warte, daß Lotty die Polsternägel bringt, um damit meinen alten kaputten Ohrensessel zu reparieren. Das Innere ist schon vor Jahren durchgebrochen, & seit sechs Monaten sitze ich auf einer Holzleiste. Leonard hat sich plötzlich erboten, das Innere in Sackleinen zu stopfen; aber wir warten auf Lotty. Bei ihr dehnt sich ein Fünf-Minuten-Spaziergang auf eine dreiviertel Stunde aus; sie besucht Miss Stanford.

So ist das Neue Jahr nun angebrochen; 10 Tage sind

schon herum. Es ist das Verdienst des 1917er Clubs, daß mein engster Kreis an einem Werktag um 16.30 zusammengefunden hat. Als ich am Donnerstag zurückkam, sah ich dort Clive (ich hörte ihn schon auf der Treppe), Morgan, Fredegond & undeutliche Kulissenfiguren, denen man höchstens zunickt und die sich als Oliviers entpuppten – alle möglichen Oliviers. Nun wirkte Clive wie ein Gaslicht neben Morgans normaler Tageshelle – sein Tag war weder sonnig noch stürmisch, sondern ein Tag reinen Lichts, der das Rouge & den Puder, den Staub & die Falten, die Risse & Verzerrungen meines armen Sittichs hervortreten ließ. Er läßt mich das Rampenlicht spüren. Die beiden waren keine angenehme Mischung; oder vielmehr keine bequeme. Morgan wurde von einer älteren Dame am Leicester Square erwartet. Clive brachte mich mit der Droschke zum Regent Square, nachdem er mit dem Namen Lytton Strachey sein Spielchen getrieben hatte. Ich rannte vor ihm hoch & kam in ein helles Zimmer voller Leben; das Baby krabbelte herum und nahm eine Ecke in Beschlag, Nessa trug den getupften Federhut mit der rosa Feder. Ich glaube, sie kompensiert auf diese Weise ihre grobgewirkte Garderobe – sehr erfolgreich. Auch glaube ich (da Lotty nicht kommt – mein Abend ungenutzt verstreicht – ich Lindsay lesen müßte – oh Gott), daß meine Reize sich unterhalb des Horizonts befinden; Marys liegen ungefähr auf Augenhöhe, & Nessas gehen strahlend auf wie der Herbstmond. Warum sonst hat er sich bei mir so verzückt über ihr Kleid ausgelassen auf der Party, über ihre Schönheit, ihre Grandeur? Was weiß ich – vielleicht, um selbst in hellerem Licht zu erstrahlen. Eine lange gelbe Locke hing unter seinem Ohr hervor. »Ich muß dir die Haare schneiden« sagte Vanessa. Woraufhin er schnell den Hut abnahm, die lange Strähne betastete und sich erinnerte, wozu sie da war – nämlich um die kahle Stelle zu verdecken. Aber sie hielt nicht & fiel auf leicht abstoßende Weise wieder zurück, weil ihr Pomade zum Halt fehlte. Komplimente für mich: aber er machte sie so, als sei er nicht mehr mein Hoflieferant. So nach Hause über Victoria, wo wir den ›Antreiber‹ in seinem Häuschen sahen.

JOACHIM RINGELNATZ

Was würden Sie tun, wenn Sie das neue Jahr regieren könnten?

Ich würde vor Aufregung wahrscheinlich
Die ersten Nächte schlaflos verbringen
Und darauf tagelang ängstlich und kleinlich
Ganz dumme, selbstsüchtige Pläne schwingen.

Dann – hoffentlich – aber laut lachen
Und endlich den lieben Gott abends leise
Bitten, doch wieder nach seiner Weise
Das neue Jahr göttlich selber zu machen.

KURT TUCHOLSKY

Nachher: Gespräche aus dem Jenseits

Wir schaukelten uns auf den Wellen – kurze und lange umhauchten uns, die Sendestationen der Planetenkugeln versorgten uns damit, uns, im jenseitigen Herrenbad. Aus den Familienkabinen drang leises Kreischen.

»Welches war eigentlich Ihr schlimmster Eindruck hier bei uns?«, fragte er. Ich sagte:

»Der erste Tag im Empfangssaal – das war grässlich. Daran mag ich gar nicht zurückdenken. Grässlich war das.«

»Warum?«, fragte er. Ich sagte: »Zweiundsiebzig Jahre auf der Erde, das bedeutet: neunundsechzig Jahre lang gelogen, Empfindungen versteckt, geheuchelt; gegrinst, statt zu beißen; geschimpft, wo man geliebt hat ... Manchmal dämmert eine Ahnung auf, das vielleicht lieber doch zu unterlassen. ›Gewissen‹, sagen die Kultusbeamten. Es ist aber nur das matte Versickern des Gefühls, dass die, die vor uns gestorben sind, uns durchschauen, von oben her. Denken Sie doch: Die ganze Lüge offenbar! Wenn ich das gewusst hätte! Ich kam in den Empfangssaal« – aber jetzt schienen sie drüben im Familienbad geradezu auf den Köpfen zu gehen –, »und ich glaubte vor Scham in die Erde sinken zu müssen. Es war keine da. Schrecklich – nie in meinem ganzen Leben habe ich mich so geschämt, so schrecklich geschämt. Und das Allerschlimmste war: Sie sahen mich nur an. Sie sahen mich alle nur an. Niemand kam auf die peinlichen Dinge zurück – aber ich wusste das doch, dass sie alles wussten! Ich war klein wie eine Maus – so jämmerlich. Ich würde nie mehr lügen.«

»Der alte Mann«, sagte er, »der das arrangiert, hätte diese Zeremonie des Empfangssaals vorher legen sollen, vor unser Leben. Vielleicht …« »Ja«, sagte ich.

»Aber dann wäre es nicht so schön gewesen«, sagte er.

»Nein«, sagte ich.

Jetzt kam eine große Welle, eine von den langen, starken, und warf uns mit den Beinen aneinander, dass wir lachen mussten.

Wir saßen auf der Wolke und ließen die Beine baumeln.

»Am liebsten«, sagte ich zu ihm, »waren mir zeitlebens die Betriebe, die ein wenig verfault waren. Da arbeitete ich so gern. Der Chef schon etwas gaga, wie die Franzosen das nennen, mümmlig, nicht mehr ganz auf dem Trab, vielleicht Alkoholiker; sein Stellvertreter ein gutmütiger Mann, der nicht allzu viel zu sagen hatte. Niemand hatte überhaupt viel zu sagen – der Begriff des Vorgesetzten war eingeschlafen. Auch Vorschriften nahm man nicht so genau – sie waren da, aber sie bedrückten keinen. Diese Läden hatten immer so etwas von Morbidität, es ging zu Ende mit ihnen, ein leiser Verfall. Wissen Sie: Man arbeitete, man faulenzte nicht, hatte Beschäftigung – aber es war im Großen Ganzen doch nur die Geste der Arbeit. Haben Sie mal in einer Posse eine Choristin die Möbel abpuscheln sehen? So etwas Ähnliches war es. Schrecklich, wenn der Betrieb etwa aufgefrischt werden sollte, wenn ein neuer Mann kam, der gleich am ersten Tag erklärte: ›Die Schweinerei hört jetzt auf!‹ Wie lange es immer dauerte, bis sich auch der Neue eingewöhnt hatte! Denn Verfall steckt an – unweigerlich. Ich bin zweiundsiebzig Jahre alt geworden: Mir ist kein Fall bekannt, wo er nicht angesteckt hätte. Ja. Es gab viele Stätten solcher Art. Beim Militär habe ich sie gefunden, in der Industrie, auf dem Lande lagen solche Güter – Operettenbetriebe. Hübsch, da zu arbeiten. Sehr nett. Und immer so eine leise kitzelnde Angst vor dem Ende, denn einmal musste es ja kommen, das Ende – immer konnte es nicht so weitergehen.«

»Nein«, antwortet er, »immer konnte es natürlich nicht so weitergehen. Kommen Sie übrigens heute Nachmittag zum lieben Gott?« »Wer wird da sein –?«, sagte ich. Er antwortete: »Gandhi, Alfred Polgar, einer von den unbekannten Soldaten und dann irgendein Neuer.«

»Ich mag die Neuen nicht«, sagte ich. »Sie kommen sich so feierlich vor. Wie finden Sie übrigens den lieben Gott?« »Sehr sympathisch«, sagte er. »Er erinnert ein wenig an das, wovon Sie eben sprachen.« »Ja«, sagte ich.Dann ließen wir wieder die Beine baumeln.

»Haben Sie schwimmen gelernt, damals, als Sie lebten?«, fragte ich ihn. Wir ruderten durch den endlosen Raum, in farblosem Licht, es hatte eigentlich keinen Sinn, sich zu bewegen, weil jeder Maßstab fehlte, wohin die Fahrt ging. Planeten waren nicht zu sehen – sie rollten fern dahin.

»Nein«, sagte er. »Ich kann nicht schwimmen. Ich hatte einen Bruch. Mein Leib hatte einen Bruch.«

»Ich habe es auch nicht gelernt«, sagte ich. »Ich wollte es immer lernen – ich habe drei-, viermal angefangen; aber dann ist es immer nichts geworden. Nein, Schwimmen nicht. Englisch auch nicht – damit war es ganz dasselbe. Haben Sie alles erreicht, was Sie sich einmal vorgenommen hatten? Ich auch nicht. Und dann, an stillen Abenden, wenn man einmal aufatmen konnte und das ganze Brimborium des täglichen Klapperwerks verrauscht war, dann kamen die nachdenklichen Stunden und die guten Vorsätze. Kannten Sie das –?«

»Wie oft!«, sagte er. »Wie oft!«

»Ja, ich auch ...«, sagte ich. »Man nahm sich so vieles vor an solchen Abenden. Da lag denn klar zutage, dass man sich eigentlich, im Grunde genommen, mit einem Haufen Unfug abgab, der keinem Menschen etwas nützte, und sich selbst nützte man damit am allerwenigsten. Diese kindischen Einladungen! Diese vollkommen nutzlosen Zusammenkünfte, auf denen zum hundertsten Male wiedergekäut wurde, was man ja schon wusste, diese ewigen Predigten vor bereits Überzeugten ... Das sinnlose Gehaste in der Stadt mit den lächerlichen Besorgungen, die keinem andern Zweck dienten, als dass man am nächsten Tage wieder neue machen konnte ... Wie viel Plackerei an jedem einzelnen Ding hing, wie viel Arbeit, wie viel Qual ... Der Zweck der Sachen war vollständig vergessen, sie hatten sich selbständig gemacht und beherrschten uns ... Und wenn es dann einmal ausnahmsweise ganz still um uns wurde, ganz still, dass man die Stille in den Ohren sausen hörte: Dann schwor man sich, ein neues Leben anzufangen.«

»Man glaubt sogar daran«, sagte er wehmütig.

»Und wie man es glaubt!«, fuhr ich eifrig fort. »Man geht ins Bett, ganz voll von dem schönen Vorsatz, nun aber wirklich mit diesem ganzen Unfug aufzuräumen und sich zu leben – sich ganz allein. Und zu lernen. Alles zu lernen, was man versäumt hat, nachzuholen, die alte Faulheit und Willensschwäche zu überwinden. Englisch und Schwimmen und das Ganze ... Morgens klingelt dann der Rechtsanwalt an, Tante Jenny und der Geschäftsführer des Vereins, und dann hat es einen wieder. Dann ist es aus.«

»Haben Sie das Leben geführt, das Sie führen wollten?«, fragte er und wartete die Antwort nicht ab. »Natürlich nicht. Sie haben das Leben geführt, das man von Ihnen verlangt hat – stillschweigend, durch Übereinkunft. Sie hätten alle Welt vor den Kopf gestoßen, wenn Sie es nicht getan hätten, Freunde verloren, sich isoliert, als lächerlicher Einsiedler dagestanden. ›Er kapselt sich ein‹, hätte es geheißen. Ein Schimpfwort. Nun, das ist vorbei. Und wenn Sie jetzt zur Welt kämen: Wie würden Sie es machen?« Er hielt mit seinen Schwimmbewegungen inne und sah mich gespannt an.

»Genau noch einmal so«, sagte ich. »Genau so.«

»Er ist ein Pedant, ein ganz lächerlicher Pedant!«, sagte er.

»Weißt du, wie viel Sternlein stehen ...?«, sagte ich. »Gott der Herr hat sie gezählet ...«

»Er hat alles gezählet!«, schimpfte er. »Gezählet – das feierliche e, das schon Liliencron nicht leiden konnte, genau so lächerlich wie dieser ganze alte Mann. Alles hat er gezählet ... Haben Sie einmal in unser Lebensbuch hineingesehen –?«

»Es war die größte Überraschung, die ich jemals erlebt – nein, die ich jemals gehabt habe«, sagte ich. »Das ist denn doch die Höhe.«

»Nicht wahr? Aufzuschreiben, wie oft man jede einzelne Handlung begangen hat: Es ist ja – geisteskrank ist das, das ist ja ... das übersteigt denn doch alles an Greisenhaftigkeit, was je ...

»Sie lästern«, sagte ich. »Sie müssen ihn nicht lästern, dann kann dieses Buch nicht erscheinen. Gott ist groß.«

»Gott ist …«

»Nicht, nicht. Natürlich ist es lächerlich. Denken Sie sich: Ich habe neulich einmal einen ganzen Nachmittag auf der Bibliothek verbracht und meinen Band durchgeblättert. Er ist sehr exakt geführt, das muss man schon sagen. Manches hätte ich nicht für möglich gehalten – summiert sieht es doch anders aus als damals, als man es tat.

Schlüssel gesucht: 393-mal. Zigaretten geraucht: 11 876. Zigarren: 1078. Geflucht: 454-mal. (Bei uns ist erlaubt zu fluchen – daher kann ich es nicht so gut. Ich bin kein Engländer.) An Bettler gegeben: 205-mal. Nicht viel. Nugat gegessen – ist ein Mensch je auf den Gedanken gekommen, derartiges aufzuschreiben …! Nugat: 3-mal. Ich habe keine Ahnung, was Nugat ist. Die Handschrift des Buchhalters ist aber so ordentlich, dass es schon stimmen wird. Übrigens: Die letzten tausend Seiten sind mit einer Buchhaltungsmaschine geschrieben. Man modernisiert sich.«

»Er zählt alles«, grollte er. »Er zählt Verrichtungen, die ein anständiger Mensch …«

» … *non sunt turpia*«, sagte ich. »Ich habe demnach, sah ich an jenem Nachmittag, recht mäßig gelebt, *in Baccho et in Venere* … recht mäßig. Ich mag Ihnen die Zahl nicht nennen – aber es grenzt schon an Heiligkeit. Jetzt tut es mir eigentlich leid … Das Merkwürdigste ist –« »Was?«, fragte er.

»Das Merkwürdigste ist«, sagte ich, »zu denken, dass man dies oder jenes zum letzten Mal in seinem Leben getan hat. Einmal muss es doch das letzte Mal gewesen sein. Am vierzehnten Februar eines Jahres hat man zum letzten Mal ein Automobil bestiegen … Und man ahnt das natürlich nicht. Finales gibt es ja doch nur in den Opern. Man steigt ganz gemütlich in ein Automobil, fährt, steigt aus –

und weiß nicht, dass es das letzte Mal gewesen sein soll. Denn dann kam vielleicht die Krankheit, die lange Bettlägerigkeit ... nie wieder ein Automobil. Zum letzten Mal in seinem Leben Sauerkraut gegessen. Zum letzten Mal: telefoniert. Zum letzten Mal: geliebt. Zum letzten Mal: Goethe gelesen. Vielleicht lange Jahre vor dem Tode. Und man weiß es nicht.«

»Aber es ist gut, dass man es nicht weiß«, sagte er; »wie?«

»Vielleicht«, sagte ich. »Man sollte aber bei jeder Verrichtung denken: Tu sie gut. Gib dich ihr ganz hin. Vielleicht ist es das letzte Mal.«

»Aber er ist doch ein gottverdammter Pedant ...!«, fuhr er auf.

»Nennen Sie nicht seinen Namen!«, sagte ich. »Er ist ein göttlicher Pedant.«

»Warum haben Sie gelacht –?«, fragte ich ihn.

Er hatte dagesessen, seine Hand hatte mit den verrosteten Knöpfen einer nicht mehr benutzten Blitzkammer gespielt – und plötzlich hatte er gelacht. Es war ein recht eigentümliches Lachen gewesen, so ein Schluchzer, Station auf der Reise zwischen Lachen und Weinen ... »Warum haben Sie gelacht –?«, fragte ich ihn.

»Ich habe gelacht«, sagte er, »weil ich an da unten denken musste. An etwas ganz Bestimmtes; es ist sehr dumm. Wissen Sie, heute ist mein Todestag – nein, gratulieren Sie mir nicht ... nicht der Rede wert. Zum Fünfzigsten, bester Herr, zum Fünfzigsten ... Und heute vor acht Jahren – wissen Sie, warum Lebende keine Angst vor den Toten haben, die gerade gestorben sind?«

»Ich kann es mir denken«, sagte ich. »Weil – weil wir ja

die erste Zeit gebunden sind, noch nicht hier oben ... nun, Sie kennen das. Es ist, als ob sie es ahnten.«

»Ganz richtig!«, sagte er und ließ die Hand über die Klaviatur spielen; hätte das Werk funktioniert, so wären die Erde, der Mond und einige andere Etablissements in Rauch aufgegangen. »Ja, das ist so. Wir sind nicht sofort disponibel – sie sind vor uns sicher, kurz nachher. Nun gut, und Sie wissen doch auch, was mit unsern Sachen geschieht – nachher?«

»Natürlich«, sagte ich. »Da wird eine Inventur aufgenommen, da kommen die Erben gelaufen, die Kinder, die unbezahlten Rechnungen ...«

»An das Inventar dachte ich eben«, sagte er. »Das heißt: nicht gerade an das Inventar. Sondern daran, wie sie in unsern Sachen herumstochern. Es ist komisch und rührend zugleich. Kennen Sie das?«

»Nun ...«, sage ich.

»Es ist nämlich so«, sagte er. »Sie kramen die Schubladen aus, kratzen an den Schrankschlössern herum, packen alles aus und packen es wieder ein ... Und jeder Hosenknopf hat auf einmal eine Bedeutung, jedes Federmesser ist mit Sentimentalität geladen, alte Briefmarken machen ein Kummergesicht und trauern mit ...« Wieder ließ er diesen mittleren Schluchzer hören. »Sie finden alte Kuverts mit Rezepten und Tabakasche; Chininpillen und fein säuberlich aufbewahrte Theaterprogramme, mit denen wir einmal irgendetwas anfangen wollten, natürlich haben wir es vergessen, und nun liegt dieser ganze Kram in den Fächern – ein Viertel aller menschlichen Habe pflegt ja aus solchem Unfug zu bestehen. Und sie fassen das alles mit zitternden Fingern an, ihre Tränen lassen sie darauf fallen, und während sie Kontenbücher auf- und wieder zuschlagen und an Glasstöpseln riechen, sagen sie: ›Das hat er sich noch aufbewahrt!‹ und: ›Achatsteine hat er immer so gern gehabt!‹ – und auf einmal ist unser Wesen auf tausend Dinge verteilt, es sieht sie an – wir sehen sie an, mit tausend Augen ... Alles kommt ihnen wieder zur Erinnerung, wird lebendig ... so haben sie uns nie geliebt.«

»Nein«, sagte ich. »So haben sie uns nie geliebt.«

»Woran liegt das?«, fragte er vorsichtig.

»Man muss wohl nicht mehr da sein, um geliebt zu werden«, sagte ich. »Noch nicht oder nicht mehr: Man muss wünschen, um zu lieben. Zu unsern Lebzeiten kümmert sich keiner um unsern Nachlass.«

»Aber da ist es ja auch kein Nachlass«, sagte er.

Eine Leitung schien versehentlich noch angeschlossen zu sein – denn nun fuhr ein Blitz aus dem Gehäuse, dass es zischte, und wir machten uns eiligst davon, auf dass er es nicht erführe, der Allwissende.

Er pfiff – das tat er so selten. »Sie sind sehr vergnügt –?«, fragte ich. »Sie müssen hingehn!«, sagte er. »Sie müssen auf alle Fälle hingehn! Es ist ganz großartig. Ganz großartig ist es!« »Was?«, fragte ich. »Einweihung eines neuen Planeten? Schlussfest auf einem Trabantenmond? Maskenball in der Milchstraße?« Er wehrte mit einer Handbewegung ab. »Nicht doch!«, sagte er. »Das O hat mir das Erdkino gezeigt! Sie müssen hingehn!«

Wer das O war, wusste ich – aber was war ein Erdkino? Ich fragte ihn. Er nahm einen Meteorstein in die Hand und schickte ihn auf die Reise, nach unten. »Das Erdkino?«, sagte er.

»Das O hat die Erde aufgenommen – nun, das ist nichts Neues. Aber es hat die Bilder aneinandergesetzt, flächig aneinandergepappt, verkleinert, wieder vergrößert, ich bin kein Techniker und habe seine Erklärung kaum verstanden. Es sagt etwas von Zeitraffer ... Es kann die Menschen auf den Filmen löschen – man sieht nur die Sachen.« »Was für Sachen?«, sagte ich. »Sachen!«, sagte er. »Kleider, Anzüge, Hutnadeln, Schränke, Bücher, Dampfer, Laternen, Papier, Antennen, was Sie wollen. Das sieht man. Nun setzt es sich in den Fabriken zusammen, die Menschen sind nicht zu sehen, verstehen Sie? Es setzt sich allein zusammen, wächst, aus dem Boden, in Werkstätten, in Ateliers, lackiert sich, prangt und spreizt sich in Neuheit ... Dann wird es benutzt, die Schranktüren klappen auf und zu, Papier wendet sich, Hutnadeln hängen in der Luft, Bilder leuchten, Anzüge wandeln, drehen sich, liegen über Stühlen ... wie sind die Sachen fleißig! Wie dienen sie! Wie sind sie tätig! Wie leben sie mit! Welch ein Leben!« Seine Augen leuchteten. »Und dann?«, fragte ich. »Und dann werden die Sachen müde, immer seltener stülpt sich der Hut auf eine unsichtbare Form, immer wackliger fällt der Vorhang, immer bröckliger klappt die Zauntür ... Und dann gibt es einen Ruck, Holz wird zerschlagen – man sieht nicht, von wem –, alte Kissen fliegen durch den Raum, Schnur schurrt zusammen und rollt sich ab – und dann sinken die Sachen auf die Erde. Ganz langsam sinken sie nieder, da liegen sie. Und dann werden sie immer unkenntlicher, sie werden wohl zu neuen Klumpen gekocht, zusammengeschweißt, ich verstehe mich nicht so darauf. Und viele werden wieder Erde. Und dann fängt es wieder von vorn an.«

»Und das gibt es da alles zu sehen?«, sagte ich. »Das und

noch viel mehr«, stimmte er begeistert zu. »Noch mehr?«, fragte ich. »Was tun denn die Sachen noch?« »Die Sachen tun nichts!«, sagte er. »Es gibt einen andern Film; da hat das O die Sachen ausgelöscht, man sieht nur die Menschen – und es hat auch einen Teil der Menschen ausgelöscht und nur diejenigen mit der gleichen Betätigung übriggelassen.« Ich sagte: »Wie das …?« Er sagte:

»Es hat Kontinente fotografiert, auf denen man nur trinkende Menschen sieht. Hören Sie? Nur Trinkende. Geöffnete Münder, gespitzte Lippen, hastige Dürstende und abschmeckende Genießende – Todschlaffe über Pfützen und spielende Kinder, die an Tröpfchen saugen, Kinder an der Mutterbrust und heimlich saufende Ammen … Und einmal: nur Lesende. Von allen Graden. Und einmal: nur Rauchende. Und einmal … Ja.«

»Was – und einmal?«, fragte ich.

»Und einmal nur Liebende«, sagte er leise. »Das war nicht schön. Hören Sie: Das war ekelhaft. Welch ein Puppenspiel. Was treibt sie? Es ist, als bewegten sie sich nicht, als bewegte es sie. Das sind nicht mehr sie, die dieses Auf und Ab vollführen – das ist ein andres. Sie sehen es tausend- und tausendmal beim O – schließlich scheint es eine zeremonielle Förmlichkeit, man möchte rufen: Aber so wechselt doch einmal! Tut doch einmal etwas andres! Nein – das Repertoire ist so klein … Sie nähern sich einander, gehen umeinander herum, lächelnd, und dann immer dasselbe, immer dasselbe … Sagen Sie: Haben wir uns auch so albern benommen, damals?«

»Sie wären sonst nicht hier«, sagte ich.

»Aber das ist ja, ich bitte Sie: so albern. Und immer wieder.«

»Man muss wohl an das Einmalige glauben«, sagte ich. »Sonst kann man es nicht tun. Sähe man wirklich alles und alle – man könnte wohl nicht bleiben, da unten. Das O soll weiter fotografieren; sie werden es zum Glück nie zu sehen bekommen.«

»Doch. Nachher«, sagte er. Wir schwiegen und schämten uns.

»Wie viel Uhr ...« – aber schon sank die Hand schlaff herunter. »Ach so –«, sagte er. Ich lächelte doch. Als ich den Ausdruck seiner Augen bemerkte, stellte ich die Lachfalten wieder gerade. »Keine Zeit«, flüsterte er. »Sich daran zu gewöhnen, dass es keine Zeit mehr gibt. Ja, die guten Aprioristiker ...« Ich bog ab. »Haben Sie sich da unten die Zeit auch geometrisch vorgestellt?«, sagte ich. »Nein, wie ...«, sagte er. »Als lebe man im Raum vorwärts«, sagte ich. »Als könne man im Raum der Zeit auf- und abrutschen, vorwärts und rückwärts, mit allen Spielen im Raum: Wer da hinten auftaucht, ist noch klein, er kommt auf uns zu, wird immer größer, dann nimmt seine Gestalt ab, verschwindet, wissen Sie?« »Das kenne ich nicht«, sagte er. »Nicht?«, sagte ich. »Es ist so:

Das kleine Haus, in dem ich einmal gewohnt habe, steht unbeweglich. Nun setzt es sich in Bewegung; nachts, wenn wir nicht einschlafen können, hört man, was es macht. Es fährt durch die Zeit. Vorn, am Bug schäumt das Zeitwasser hoch auf, mit solcher Geschwindigkeit geht es vorwärts, es zerteilt die Zeit, sie gleitet rechts und links am Haus vorbei, da rauscht sie auf, überall, und wir liegen in der kleinen Bettschublade und werden davongetragen, wehrlos, machtlos, weiter und immer weiter. Manchmal streckt sich eine Hand aus solch einem Bett, sie hängt [schlaff] herunter und bewegt sich – zurück? Da gibt es kein Zurück. Manchmal schaudert der Schlafende vor dem, was nun kommt – aber sie fahren mit ihm. Ahnungen helfen nicht. Morgens früh, wenn du aufwachst, hält das Haus schon anderswo.«

»Ja – etwas Ähnliches habe ich doch wohl schon empfunden«, sagte er. »Man ist übrigens nicht sehr glücklich dabei.«

»Nein«, sagte ich. »Man ist nicht sehr glücklich dabei. Zum Schluss bleibt die etwas trübe Empfindung von einer Masse Eindrücke; es wäre ein herzhafter Spaß, wenn man den Zeitraffer anbringen könnte und das ganze Leben, das man zu fühlen verurteilt ist, donnerte mit einem Male herunter. Aber das war nicht zu machen.«

»Haben Sie sich sehr gesehnt, zu ... hierherzukommen?«, sagte er.

»Oft«, sagte ich. »Hunger habe ich all meine Lebtage gehabt. Hunger nach Geld, dann: Hunger nach Frauen, dann, als das vorbei war: Hunger nach Stille. Oh, solchen Hunger nach Ruhe. Mehr: Hunger nach Vollendung. Nicht mehr müssen – nicht mehr durch die Zeit fahren müssen –.«

»Man geht spurlos dahin –«, sagte er. »Nein«, sagte ich. »Man geht nicht spurlos dahin. Ach, denken Sie nicht an Denkmäler – das ist ja lächerlich. Und ich weiß schon, was Sie jetzt sagen wollen: unsterbliche Werke. Ich bitte Sie ... Nein, etwas anderes. Ich habe etwas dort gelassen, ja, ich habe etwas dort gelassen.« »Was?«, sagte er, ein wenig ironisch.

»Ich habe den Dingen etwas gelassen«, sagte ich. »Seit jenem Tage, wo ich den greisen Klavierspieler in Paris wiedersah, den mein Vater zwanzig Jahre vorher in Köln gesehen hatte. Er spielte noch dieselben Stücke, der Wandervirtuose – noch genau dieselben. Und da war mir, als grüßte durch ihn mein toter Vater. Auch ich habe den Dingen etwas gesagt. Ich habe an vieles, was längere Dauer hat als ich und Sie, Grüße befestigt. Ich habe hier einen Gruß angeheftet und da einen Kranz, hier einen Fluch und da ein abwehrendes Schweigen ... und als ich das tat, da merkte ich, dass die Dinge schon voll waren von solchen Grüßen Verstorbener. Fast alle hatten sich an die Materie gehalten, hatten Spuren hinterlassen; wenn man vorüberstrich, bat, flehte, beschwor, fluchte und segnete es von diesen Sachen herunter, die die Menschen tot nennen. Ich bin nicht spurlos dahingegangen. Nur –«

»Nur –?«, sagte er.

»Nur –«, sagte ich. »Die Menschen sind Analphabeten. Sie können es nicht lesen.«

Er sah mich an und tastete an die Stelle, wo einmal seine Uhr gesteckt hatte. »Kommen Sie!«, sagte er. »Wir wollen zum Nachmittagskaffee.«

Wir saßen auf der goldenen Abendwolke und ließen die Beine baumeln – er ruckelte ungeduldig hin und her, weil sich die Wolke nicht abkühlen wollte, man fühlte sich sanft geröstet. »Noch ein kleines«, tröstete ich ihn. »Gleich wird sie fahl und grau, dann sitzen wir angenehmer. Wir wollen nicht wegschwimmen.« Da blieb er. Als es kühler wurde, sagte er: »Sie müssen doch eigentlich ein schönes Dasein gehabt haben, damals. Wenn ich so denke, wie agil Sie sind, wie flink, wie anpassungsfähig ...« Ich sah ihn von der Seite an und wickelte mich fester in das Gewölk. »Ich?«, sagte ich. »Ich ...«

»Wenn man Sie sprechen hört«, sagte er, »hat man den Eindruck, als seien Sie mit den Mitbrüdern fertig geworden, nicht immer siegreich, aber immerhin. Ich meine das nicht böse. Sie sagen gar nichts. Warum lachen Sie –?«

»Es ist ja jetzt alles vorbei«, sagte ich. »Es war so:

Am Anfang ging es an. Mit dem Elan der Potenz ritt ich über viele Bodenseen, ich hatte keine Schwierigkeiten zu überwinden, weil ich sie gar nicht sah. Nachher, als das nachließ, zog der Schimmel doch langsamer, und ich hatte Muße, mir ein bisschen die Landschaft anzusehen, durch die wir fuhren.«

Er hatte ein Stück Wolke auseinandergezogen und malte mit ihr ein Gesicht an den Himmel, einen ausdruckslosen Pausback. Dann wischte er ihn wieder weg. »Und was sahen Sie?«, sagte er.

»Was ich sah?«, sagte ich. »Ich sah – aber ich verstand nicht. Ich verstand immer weniger. Wissen Sie, dass es eine bestimmte Sorte Geisteskranker gibt, die Furcht hat vor allem, und die ratlos ist. Sie frösteln ständig, ziehen sich zusammen, wenn sie mit der Welt in Berührung kommen, immer enger, dann sterben sie; sie sind ins Negative hinübergekippt. Jahrelang, besonders in der Mitte meines Lebens hatte ich das Gefühl, ausgestoßen zu sein, als Kind unter Erwachsenen zu leben, Verhandlungen der Großen beizuwohnen, deren Sinn mir ewig verborgen bleiben würde. Sie sprachen miteinander – und ich hörte verständnislos zu. Sie fochten Ehrgeizschlachten aus – ich stand daneben und machte runde Augen. Sie schlossen Geschäfte ab – ich hatte gewissermaßen den Eindruck zu stören. Und das Allerschlimmste war: Alle verstanden sich, sprachen ihre Sprache, sie hatten sofort die Ellbogenfühlung, sie waren verwandt. Ich stand da, allein, auf einem weiten Hof mit meiner Kappe in der Hand, und ich drehte sie, wie es die Schauspieler machen, wenn sie Verlegenheit ausdrücken ... Mittags saß ich mit ihnen zusammen, sie schwatzten, ich schwatzte auch – aber mir fehlte irgendetwas, ein Code-Schlüssel, eine Auflösung, ich wusste nicht ... und abends ging ich traurig nach Hause.«

Jetzt bröselte er langsam die Wolke auf, die immer kleiner wurde. Wir hatten kaum noch Platz zum Sitzen. »Aber da waren doch noch andre«, sagte er. »Auch: Einsame. Auch: Enttäuschte. Auch: Weltfurchtsame. Weshalb gingen Sie nicht zu diesen –?«

»Um einen Club der Einsamen zu gründen?«, sagte ich. »Ich verachtete sie maßlos, ich hasste sie nahezu. Ich fand sie lebensschwach, anspruchslos, uninteressant verrückt. Ihnen gegenüber mimte ich das Leben, das pralle Leben. Außerdem kochten sie eine andre Art Melancholie, und so verstanden wir uns nicht. Blieben sie allein, waren sie mir widerwärtig. Fanden sie den Anschluss, dann fühlte ich mich erhaben über so viel gemeinen irdischen Sinn.«

»Also was blieb Ihnen zum Schluss?«, sagte er, ein klein wenig spitzer, als mir lieb war. Ich konnte ihm nicht mehr antworten, denn nun hatte er glücklich die ganze Wolke aufgebröselt, wir rutschten ab und fielen, fielen –

Das mittlere Feld war gesperrt, weil ein Meteorregen niedergehen sollte – obgleich uns der gar nichts antun konnte, hatte der alte Herr mit verdatterten Händen die Sperrung angeordnet. Wir krochen vier Zeitlosigkeiten hindurch am Rande des Feldes entlang, dann setzten wir uns, um den Regen mitanzusehen, wenn er zu regnen anhübe. Mir passte die Absperrung nicht, und ich fluchte leise vor mich hin.

»Haben Sie einmal einen Märtyrer gesehen?«, sagte er. Mir blieb ein ellenlanger und herrlicher Fluch, den mich einst ein Matrose in Dänemark gelehrt hatte, im Halse stecken. »Einen Märtyrer?«, sagte ich. »Einen, der seine unbefriedigende Eitelkeit hinter eine Sache steckt und nun plötzlich dasteht, lichtumflossen – ja, ich kenne das.« »Wenn Sie das kennen«, sagte er, »dann wissen Sie auch, was man mit so einem macht?«

»Sie ... man gibt ihm wenig zu essen, die Kinder auf der Straße und die Professoren rufen hinter ihm her, er sei unfruchtbar und hätte keinen Kontakt mit der Wirklichkeit.«

»Das auch«, sagte er. »Aber ich habe einmal etwas gesehen, lange nach meinem Tode, etwas viel Merkwürdigeres.

Da kriecht in der zweiten Hyperbel ein Ding herum, es ist noch kein rechter Planet, es will erst einer werden. Dort habe ich einmal zur Frühstückszeit geangelt. Und da hatten sie einen Kerl gefangen, der wollte ihnen den ganzen Ball umkrempeln, ein Heiliger, ein Vorwärtsrufer – in die Einzelheiten habe ich mich nicht gemischt, es ging mich ja auch nichts an. Den hatten sie also beim Kragen, und da haben sie ihn dann beendigt.«

»Nun ja«, sagte ich. »Das kommt vor. Das ist doch nichts Außergewöhnliches. Einer opfert sich auf, weil er muss; er brächte ein Opfer, wenn er's nicht täte; er horcht, wie es in den andern weint, dann wühlt er sich durch, bis er zu dieser Stimme gelangt, quält sich und wird gequält, und dann kommt er zu uns. Gewiss, ja.«

»Das war es nicht«, sagte er. »Wie sie es taten ... Welch ein Hohn! Sie berieten lange, wie es zu tun wäre. Nun muss da eine Infektion stattgefunden haben – einer schlug vor, ihn zu kreuzigen.« Ich sah jetzt aufmerksam auf das Meteorfeld – es war nicht gerade neu, dass einer gekreuzigt werden sollte. Er fuhr ruhig fort.

»Sie führten ihn also zur Kreuzigung hinaus, vor die große Stadt, auf ein Feld. Der Zug näherte sich dem Hinrichtungsplatz – der Heiland, ein gedrungener, dunkler Mann, sah sich ungeängstigt, aber erschreckt um. Da war kein Kreuz.« Ich sah auf. »Was heißt das: Da war kein Kreuz?«, sagte ich.

»Da war kein Kreuz«, sagte er. »Eine lange, hohe Stange stand da, wo das Kreuz zu stehen hatte. Und der Anführer der Rotte trat vor und sagte zum dortigen Heiland: ›Du bist nicht einmal wert, dass man dich kreuzigt. Du bist nicht einmal ein Kreuz wert. Zwei Balken sind zu viel für dich, du Beglücker. Hier ist eine Stange, die genügt.‹ Und dann kreuzigten sie ihn.«

»Sie konnten ihn doch gar nicht kreuzigen«, sagte ich. »Sie hatten kein Kreuz.«

»Sie nagelten ihn an die Stange«, sagte er. »Sie war breit genug ... Sie nagelten ihn so: den einen Arm, den linken, senkrecht hoch erhoben, am linken Ohr vorbei, und den rechten glatt herunterhängend, an der rechten Hüfte. Da hing er, ein blutender Strich. Er schrie nicht.«

»Das – Sie haben das selbst gesehen?«, sagte ich.

»Ich habe das gesehen«, sagte er. »Wie ein Finger ragte er in den Himmel. Er lebte achtzehn Stunden, davon nur eine halbe ohne Bewusstsein. Es war ein Christus ohne Kreuz. Er sah so unbedingt aus – kein Querbalken strich wieder durch, was das lange Holz einmal ausgesagt hatte. Es starrte nach oben wie ein schneidendes Ausrufungszeichen, den Blitz herausfordernd. Aber es kam kein Blitz. Und ich sage Ihnen: Die Leute haben recht getan. Wie viel Holz braucht der Mensch? Zwei Balken? Einer genügt. Sie sind ihren Weg zu Ende gegangen, wie der seinen zu Ende gegangen ist. Man soll bis ans Ende gehen. Die himmlische Güte ...«

»Der Meteorregen!«, rief ich. Wir sahen angestrengt zum angekündigten Ereignis hinüber; es verlief matt und etwas eindruckslos, wie alles, wovon er sich so viel verspricht.

Er ist fort. Ich kann das noch gar nicht glauben.

Die ganze letzte Zeit hatte er schon immer so schwermütig gesprochen, hatte dunkle Andeutungen von sich gegeben, vom »männlichen Glück, vorhanden zu sein«, von einer »schönen Sinnlosigkeit der Existenz« und andre beunruhigende Sätze. Ich hatte dem keine Bedeutung beigelegt, jeder hat schließlich seinen eigenen Cafard [Überdruss]. Und auf einmal war er fort.

Am Morgen, als die Zentral-Sonne mit majestätischem Rollen durch den Raum gewitterte, war er zu mir gekommen, schleichender, merkwürdiger denn je. Er hatte geschluckt. »Wir ... wir werden uns vielleicht ...« Dann hatte er sich abgewandt. Mir ahnte nichts Gutes. Nachmittags war er weg.

Ich fand ihn nicht. Beim Alpha war er nicht, beim Silbergreis nicht, auf seinem Angelplaneten nicht, nirgends, nirgends. Ich ging zum O, mir blieb gar nichts andres übrig. Ich hasse das O, es ist gelehrt, kalt, klug, scheußlich. Das O lächelte unmerklich, bastelte an seinen Apparaten, sah mich an, ließ mich herein ...

Pfui Teufel. Ah, pfui Teufel.

Das O hatte den Zeitraffer gestellt, die alten Strahlen noch einmal zurückgeholt, ein fauler Witz, den es sich da macht. Und ich sah.

Den dicken, gerundeten Bauch der Mama; es war, als hätte sie sich zum Spaß ein Kissen vorgebunden. Sie ging langsam, vorgestreckten Leibes. Und damit sah ich ihn, oder doch das Ding, in das er gefahren war.

Er lag auf einem Anrichtetischchen und wurde gerade gepudert. Er zappelte mit den kleinen Beinchen und bewegte sich, blaurot vor Schreien. Sein Papa stand leicht geniert daneben und machte ein dummes Gesicht. Die Kindswärterin hantierte mit ihm eilfertig und gewohnheitsgemäß, in routinierter, gespielter Zärtlichkeit. Ich sah alle Einzelheiten, seine unverhältnismäßig großen Nasenlöcher, den Badeschwamm ...

Zwei Städte weiter saß ein kleines Mädchen auf dem Fußboden und warf Stoffpuppen gegeneinander, das war seine spätere Frau; ein rothaariger Bengel schaukelte unter alten Bäumen: Das war sein bester Freund; in einer Hundehütte jaulte ein Köter, der Großvater dessen, der ihn einst beißen würde; ein Haustor glänzte: die Stätte seiner größten Niederlage. Er wusste von alledem nichts, brüllte und war sehr glücklich. Neben mir kicherte leise das O.

Da liegt er im Leben. Er fängt wieder von vorn an. Er will auf eine Reitschule gehen und sich die Beine brechen; er will den Erfolg schmecken, den in Geschäften und den in der Fortpflanzung; er wird den Kopf in die Hände stützen, oben, in einem vierten Stock, und über die Stadt mit den vielen schwarzen Schornsteinen sehen, auch in den Himmel … Dabei wird ihm etwas einfallen, eine Art Erinnerung, aber er wird nicht wissen, woran. Er wird seine Jugend verraten und das Alter ehren. Er wird Gallensteine haben und Sodbrennen, eine Geliebte und ein Konversationslexikon. Alles, alles noch einmal von vorn.

Und ich werde mich hier oben zu Tode langweilen, wenn das möglich wäre – ich werde mir einen neuen Freund suchen müssen, mit dem ich auf den Wolken sitzen und mit den Beinen baumeln kann … Eine homöopathische Dosis von Neid ist in meinem Seelenragout zu schmecken, nicht eben viel, nur so, als sei jemand mit einer Neidbüchse vorbeigegangen … Was hat ihn nur gezogen? Was zieht sie nur alle, die wieder hinuntermüssen ins Dasein –? Schmerz? Hunger? Sehnsucht? Und vielleicht gerade die Sinnlosigkeit, der Satz vom unzureichenden Grunde, die Unvollkommenheit, die kleinen Hügelchen, die es zu überwinden gibt und die man nachher so reizend leicht herunterfahren kann? Aber er kennt das doch alles, er kennt es doch, wir haben es uns oft genug erzählt … Und wie hat er sich darüber lustig gemacht!

Eidbruch. Fahnenflucht. Verrat! Ich komme mir schrecklich überlegen vor, ein Philosoph. Ich habe recht. Er hat unrecht.

Aber er lebt. Er atmet, mit jenem Minimum an Erkenntnis, das das Atmen erst möglich macht; er ersetzt beständig seine Zellen, schon morgen ist er nicht mehr derselbe wie gestern, und heute ist er glücklich, weil er nichts mehr von alledem weiß, was er hier gewusst hat; er verschwimmt nicht mehr im All, er ist ein einziges Ding, Grenzen sind die Merkmale seines Wesens, und gäbe es außer ihm keine andern, er wäre nicht. Seine Mutter liebt ihn, weil er ist;

sein Vater wird ihn später einmal lieben, weil er so ist und nicht anders.

Manchmal ist er glücklich, unglücklich sein zu können.

Er ist fort. Und ich bin ganz allein.

Er schämte sich über die Maßen, als er wieder da war. »Sie sind lange fortgewesen –«, sagte ich. »Wir wollen doch die Sache beim Namen nennen«, sagte er. »Ich habe Sie plötzlich alleingelassen, so, wie es da unten welche gibt, die aus dem Leben scheiden, aus Sehnsucht nach dem Tode – so habe ich das Umgekehrte getan. Nun –« Ich schwieg. Dann:

»Es hat Ihnen gefallen?«, sagte ich harmlos. Er sah mich aufmerksam an. »Ironie verkaufe ich allein«, sagte er. »Aber ich kann es ja ruhig sagen: Nein – es hat mir nicht gefallen.« »Und warum nicht?«, sagte ich. »Weil –«, sagte er. »Ich will Ihnen etwas erzählen:

Oft habe ich Ihnen hier oben nicht geglaubt; Sie haben so niederdrückende Sachen über die da gesagt – Sie sind ein Dyskolos [ein Menschenhasser].« Ich nickte freundlich. Namen treffen nie, besonders nicht, wenn man selbst gemeint ist. »Ein Dyskolos«, sagte er. »Sie essen die Trübsalsuppe mit großen Löffeln – Ihnen ist nicht wohl, wenn Ihnen wohl ist – Sie müssen so eine Art bösen Gewissens haben, wenn's Ihnen gutgeht. Es hat mir übrigens wirklich nicht gefallen.« Oben links ging die Erde auf, o du mein holder Abendstern!

»Sehen Sie das?«, sagte er. »Sehen Sie das? Geht es da armselig zu! Welcher Reichtum an Armut. Welcher Überfluss an Nutzlosem! Welch Schema des Eigenartigen! Ich war entsetzt. Dieses Mal bin ich nicht alt geworden.« »Aber

Sie hatten doch Freude, wieder da zu sein …?«, sagte ich vorsichtig.

»Es wird alles in Serien hergestellt«, sagte er. »Ich hatte Freude – eine Minute: die erste. Aber ich hatte vergessen, meine Rückerinnerung bei Ihnen zu lassen – ich wusste alles. Herr, ich wusste alles, was kam. Mein erstes Kinderschühchen, Elternfreude und Mutterliebe und die kleine Schulmappe … Und die ersten Pubertätspickel und die Gedichte, die junge Liebe und die vernünftige Heirat. Ja. Aber am schlimmsten –« »Am schlimmsten –?«, sagte ich.

»Am schlimmsten war es später«, sagte er. »Die Abgenutztheit des Originellen – die Tradition der Individualität – die Maschinerie des Außergewöhnlichen: Es war nicht zum Aushalten. Ah, ich bin nicht Phileas Fogg, der Exzentrik sucht – ich weiß, dass man nicht mit beiden Beinen auf einer Lampe sitzen kann –, aber welche Armut! Welche Dürftigkeit in den Ausdrucksmöglichkeiten, in der Perversität noch, im Leiden selbst. Es ist immer dasselbe – es ist immer dasselbe. Und jeder tut so, als begegne einem das zum ersten Mal, wenn es ihm zum ersten Mal begegnet.«

»Sie sagten vorhin«, sagte ich, »dass Sie so ins Leben hineingerutscht seien, wie manche herausgehen: aus Sehnsucht nach dem Tode. Gibt es das: Sehnsucht nach dem Tode –?« »Nein«, sagte er. »Nein: nicht Sehnsucht nach dem Tode. Nur: Müdigkeit. Da liegen nun sechsunddreißig Kalender auf dem Tisch, jeder mit Neujahr, Hundstagen und Silvester, und das muss alles noch gelebt werden – welche Aufgabe! Das mag man mitunter nicht. Wirst du ohne Hunger durchkommen? Ohne Syphilis? Ohne Kinderkatastrophen? Nur Blinde sind kräftig – Schwäche macht sehend. Die Chancen sind ungleich verteilt. Ich wusste zu viel. Und sehen Sie: Da kleben sie und gehen nicht weg und gehen nicht weg. Was mag sie wohl halten –?« Er sah auf die Erde.

Der kleine blitzende Punkt stand jetzt im Zenit, unter tausend andern, die leuchteten wie er.

Keiner leuchtete wie er.

»Kommen Sie mit ins Wasser-Sanatorium?«, sagte er. Ich sah ihn an. »Wird hier jemand geheilt?«, sagte ich. »Jemand ... ja«, sagte er. »Sie verstehen nicht richtig: Da wird nicht mit Wasser geheilt. Anders: Denken Sie an Kinderkrankenhaus. Wird da mit Kindern geheilt? – Kinder werden geheilt.« »Wollen Sie vielleicht sagen, dass hier Wasser geheilt wird?«, sagte ich. »Krankes Wasser ... das habe ich noch nie gehört.« »Sie sind nun schon so lange hier«, sagte er, »und kennen sich noch immer nicht aus. Kommen Sie mit.«

Es war hinter dem Wasserplaneten, einer dicken, gurgelnden und etwas lächerlichen Sache, die da wie rasend umherwirbelte. An den Rändern zischten die Spritzer in der Rotationsrichtung, der Himmelskörper speichelte sich durch den Raum. Den ließen wir turbulieren, dann kam der große Salzsee, darüber hinaus war ich noch nie gewesen. Dann kam es.

Weit, äonenweit: Wasser, eine stille Fläche. Sie lag in der Luft wie eine hauchige Scheibe, glasdünn, glasklar, wie mir schien. Ich sagte ihm das. »Es ist nicht klar«, sagte er. »Das ist es eben. Es ist hier zur Erholung, das Wasser. Es ist abgeguckt.«

»Was ist es –?«, sagte ich. »Es ist abgeguckt«, sagte er. »Sie haben da alle hineingesehn – setzen wir uns. Ich werde Ihnen das erklären.« Wir setzten uns an den Rand der Wasserglasplatte. Man konnte die andern Wolken sehn, die unterhalb wimmelten.

»Was tun die, die Muße haben, wenn man ihnen Wasser oder Feuer vorhält?«, sagte er. »Sie sehen hinein«, sagte ich. »Richtig«, sagte er. »Aber ... sie sehen nicht nur hinein. Sie lassen sich hineinfallen. Die Augen werden glasig, das Gehirn arbeitet nicht, es ist ein Halbtraum. ›Das Leben zog in den Flammen an ihr vorüber‹ – das steht in den Büchern. Es zieht gar nichts vorüber. Die da springen aus dem vorüberlaufenden Strom der Zeit ins Wasser, ins Kaminfeuer, wie auf eine kleine Insel; da stehen sie und blicken verwundert um sich. Jetzt strömt das andre, und sie selbst bleiben. Die Nerven lassen nach, alles lässt nach, ist entspannt – die Zügel hängen lässig über die Wagendecke, langsamer laufen die Zeitpferde ... da senken sie sich ins Wasser.« »In dieses Wasser hier?«, sagte ich. »Eben in dieses«, sagte er. »Sie haben so viel hineingetan, das Wasser ist voll davon, und jetzt ruht es sich aus. Mein Lieber, wer hat da alles Bröckchen des Lebens hineingeworfen! Bröselchen von Schmerz, Erinnerung, Wehleidigkeit, Faulheit, Tobsucht, zerbissene Wut, heruntergeschlucktes Begehren –! Das strengt an. Das arme Wasser liegt hier und ruht. Es muss wieder sauber werden. Es ist vermenscht.«

»Warum tun sie es?«, sagte ich. »Sie brauchen das«, sagte er. »Wenn die Flammen züngeln, werden sie nachdenklich – bei den Flammen geht es noch besser, sie verbrennen alles, was in sie hineinfällt. Wenn das Meer rauscht, werden sie nachdenklich – sie fühlen plötzlich Halbvergessnes, einer klopft an die Tür, an eine wenig beachtete, kleine Hintertür ... sie öffnen den Spalt – da kommt es herein. Und drängt sie halb aus dem Haus, mit einem Fuß stehn sie draußen; außer sich. Für Augenblicke sind sie Pflanze geworden, sie wachsen dumpf vor sich hin, auch dieses Wachstum ist manchmal angehalten. Dann steht die Zeit still, und die Urmelodie wird hörbar: das Leid. Haben Sie jemals einen gesehn, der froh ins Wasser gesehn hätte, froh ins Feuer –?« Ich sagte, dass ich es nie gesehn hätte. »Also, was ist es –?«, sagte ich. »Was empfinden sie, was bedeutet das?« »Es ist eine Art Generalprobe«, sagte er. »Es ist ein süßschwacher Tod.«

Wir standen langsam auf und schoben uns von der Wasserplatte fort. Sie lag da, ruhig atmend, und als wir davonschwammen, sah es uns nach: aus hunderttausend Augen.

»Was haben wir gelacht!«, sagte er. »Wir haben so gelacht!« Er wischte sich ein wasserhelles Sekret aus den Augen, und ich tat desgleichen: Denn was er da erzählt hatte, war nicht ohne gewesen. Er sprach sonst wenig von solchen Dingen – aber es waren zwei vorübergeglitten, ineinandergekrampft, mit zugeküssten Lidern, zwei, die aus ihrem Liebeshimmel heruntergefallen waren in die Hölle der Erfüllung. Übrigens wussten sie das nicht. Das hatte ihn auf den Gedanken gebracht, mir die Geschichte eines Ehepaares zu erzählen, das sich nach dem Buch liebte, nach dem vollkommnen Ehebuch, mit einer Art Notenständer am Bett. Wir atmeten tief.

»Sie haben so gelacht –«, sagte ich. »War noch genug Gelächter da –?« Er sah mich verständnislos an. »Ob genug Gelächter – wie meinen Sie das?« »Sie wissen«, sagte ich, »woher das Gelächter kommt?« »Aus der Brust!«, sagte er und lachte tief. »Nein«, sagte ich. »Nicht aus der Brust. Wollen Sie sehen, woher es kommt, das Gelächter?« Er wollte das. Und ich zeigte es ihm.

Es war schon finster, als wir vor dem gigantischen Berg

standen. »Was ist das? Wohin führen Sie mich?«, sagte er leise.

»Was das ist?«, sagte ich. »Es ist der Berg des Gelächters. Kommen Sie ein Stückchen hinauf – hier hinauf. Hören Sie –!« Wir lauschten.

Kaskaden von Lachen kamen heruntergebraust. Wogen von Gelächter, Kicherbäche, ganze Tonleitern klapperten herab, es schritt auf großen Füßen Treppenstufen herunter, auf uns zu, und wenn es unten ankam, verebbte es in Atemlosigkeit zu kleinen Tönen ... Leise bewegte sich der Boden unter unsern Füßen. Dumpf dröhnend lachten die Bässe, Triller von Frauenlachen stiegen auf und fielen melodisch ab, Koloraturgelächter und silberne Schellen ... Fettes, schadenfrohes Lachen wälzte sich ölig dahin, breit klatschte es an die Ufer; Lachgemecker und fröhliches Gelächter von Kindern, spitze Lachstimmen, die sich überlachten, eine kletterte über die andere, dann fiel alles in sich zusammen. Und wieder stieg oben ein Chor von Gelächtern auf, dumpf überdröhnt von einer dicken, alten, akkompagniert von einer süßen Weibsstimme. Stille. Ein Rinnsal von Lachtränen tropfte an uns vorbei.

»Das ist der Vulkan des Gelächters«, sagte ich. »Sie kannten es nicht? Sie haben mir hier oben so viel gezeigt und kannten ihn nicht? Er versorgt die da unten mit Lachen, von oben kommt es herunter, aus dem Vulkankrater rollt es heraus, alle Sorten. Alle Gelächter, die gebraucht werden: Sie haben sie gehört? Grinsen und pfeifende Peitschen mit kleinen Knoten in der Schnur, die brennen so schön ... dummes Lachen und befreiendes Lachen und Lachbonbons, mit Tränen gefüllt – alles kommt von da oben. Man kann nicht hinauf.«

»Was ist oben?«, sagte er. »Ich habe es mir sagen lassen«, sagte ich. »Ein riesiges, tiefes Loch wie im Ätna, da quillt es heraus.«

»Aber woher kommt es?«, sagte er. »Wer versorgt die Erde mit Gelächter – woher diese Quantität, die Unerschöpflichkeit, die immerwährende Bereitschaft, zu geben und zu geben –?«

»Es gibt ein Ding«, sagte ich, »das hat begriffen, warum Er das geschaffen hat, da unten. Es hat den Witz der Welt begriffen. Seitdem –« »Seitdem?«, sagte er. »Seitdem lacht das Ding«, sagte ich.

Wir wandten uns ab. Weit unten sahen wir die beiden fallen, ihrer Privathölle zu. »Ein seltsames Geschäft«, sagte ich. Er wollte lachen, setzte plötzlich ab. Im Dunkel glitt eine Tierseele scheu an uns vorüber. »Hat das nie aus dem Lachtränenbach getrunken?«, sagte er. »Tiere lachen nicht«, sagte ich. »Sie sind die Natur selbst, die ist ernst, unerbittlich, vielleicht heiter – aber lachen? Er lässt sie nicht lachen.« »Und warum nicht –?«, sagte er. »Weil er Furcht hat«, sagte ich. »Er hat Furcht, man könnte ihn auslachen. Dabei tut es keiner. Sie gehen an den Berg des Gelächters und lachen zwar aus, aber nur einander. Hören Sie, wie es heruntergluckert!«

Jetzt war der ganze Berg überrieselt mit Gelächter, fallendem und steigendem; erst hatten wir ein wenig mitgelacht, dann lächelten wir nur noch, und nun stimmte es ganz traurig. »Lachen ist eine Konzession des Herrn«, sagte ich. »Sie ist auch danach«, sagte er. Dann glitten wir davon.

ELKE HEIDENREICH

Schnee

Ich war Studentin und kam aus der Oper, spätnachts, es hatte frisch geschneit. Ich musste unglaublich dringend auf die Toilette und nestelte an meinem Schlüssel herum, aber ich bekam die von Frau Geheimrat Küpper mehrmals fest verschlossene Haustür einfach nicht auf.

Ehe es zu spät gewesen wäre und auch, weil ich gar keine andere Möglichkeit mehr hatte, pinkelte ich in den Schnee direkt auf dem Weg. Was für eine Erleichterung.

Was für eine Schweinerei. Man sah es, schön gelb, und der Himmel war jetzt klar, es würde nicht weiterschneien. So konnte das nicht liegenblieben. An der Haustür lehnte schon die Schneeschaufel, ich schaufelte mein Bächlein zur Seite. Aber wie sah das denn aus, ein Stück geschaufelt, der Rest frisch verschneit? Der Weg von der Haustür zum Gartentor war lang, und fluchend stand ich da in meinen Opernschühchen und räumte den ganzen verdammten Weg frei, nachts um eins. Als ich fast fertig war, kam der Sohn des Hauses vorgefahren, ein junger Referendar, eigentlich ein arroganter Schnösel, der mich kleine Studentin, an die unterm Dach ein Zimmer vermietet war, kaum je wahrnahm.

»Was machen Sie denn da?«, fragte er sinnloserweise. Ich musste auch gar nicht erst antworten. Er war tief beeindruckt. »Dass Sie hier mitten in der Nacht für uns den Schnee schippen!«

Er hat es seiner Mutter erzählt, beide waren gerührt, mir wurde etwas von der Miete erlassen, und ab und zu lag jetzt Schokolade auf der Treppe zur Dachkammer.

Da hat doch Pinkeln mal was eingebracht.

ERICH KÄSTNER

Der Januar

Das Jahr ist klein und liegt noch in der Wiege.
Der Weihnachtsmann ging heim in seinen Wald.
Doch riecht es noch nach Krapfen auf der Stiege.
Das Jahr ist klein und liegt noch in der Wiege.
Man steht am Fenster und wird langsam alt.

Die Amseln frieren.
Und die Krähen darben.
Und auch der Mensch hat seine liebe Not.
Die leeren Felder sehnen sich nach Garben.
Die Welt ist schwarz und weiß und ohne Farben.
Und wär so gerne gelb und blau und rot.

Umringt von Kindern wie der Rattenfänger,
tanzt auf dem Eise stolz der Januar.
Der Bussard zieht die Kreise eng und enger.
Es heißt, die Tage würden wieder länger.
Man merkt es nicht. Und es ist trotzdem wahr.

Die Wolken bringen Schnee aus fremden Ländern.
Und niemand hält sie auf und fordert Zoll.
Silvester hörte man's auf allen Sendern,
dass sich auch unterm Himmel manches ändern
und, außer uns, viel besser werden soll.

Das Jahr ist klein und liegt noch in der Wiege.
Und ist doch hunderttausend Jahre alt.
Es träumt von Frieden. Oder träumt's vom Kriege?
Das Jahr ist klein und liegt noch in der Wiege.
Und stirbt in einem Jahr. Und das ist bald.

Verzeichnis der Autorinnen und Autoren, Texte und Druckvorlagen

HANS CHRISTIAN ANDERSEN (1805–1875)

8 Zwölf mit der Post
Andersens Märchen. Düsseldorf: Hoch-Verlag, 1954. S. 113–117.

MAX DAUTHENDEY (1867–1918)

41 Die Kurzsichtige und der Komet
M. D.: Geschichten aus den vier Winden. München: Albert Langen Verlag, 1915. S. 241–280.

ANATOLE FRANCE (1844–1924)

14 Der kleine Schornsteinfeger oder Wohlangebrachte Mildtätigkeit
A. F.: Der fliegende Händler. Übers. von Gertrud van Grootheest. München: Kurt Wolff Verlag, 1921. S. 269–281.

ROBERT GERNHARDT (1937–2006)

7 Banger Moment
R. G.: Gesammelte Gedichte 1954–2006. – © S. Fischer Verlag GmbH, Frankfurt am Main 2008.

ELKE HEIDENREICH (geb. 1943)

122 Schnee
E. H.: Alles kein Zufall. Kurze Geschichten. München: Carl Hanser Verlag, 2016. – © 2016 Carl Hanser Verlag München. – © 2016 Carl Hanser Verlag GmbH & Co. KG, München.

ERICH KÄSTNER (1899–1974)

123 Der Januar
E. K.: Die 13 Monate. Zürich: Atrium, 2008. – © Atrium Verlag, Zürich 1955, und Thomas Kästner.

SELMA LAGERLÖF (1858–1940)

21 Der erste im ersten Jahr des zwanzigsten Jahrhunderts
S. L.: Ein Stück Lebensgeschichte und andere Erzählungen. Übers. von Marie Franzos. München: Albert Langen, 1909. S. 166–189.

ELSE LASKER-SCHÜLER (1869–1945)

67 Das erleuchtete Fenster
E. L.-S.: Konzert Prosa. München: dtv, 1986. S. 115–121.

JOACHIM RINGELNATZ (1883–1934)

93 Was würden Sie tun, wenn Sie das neue Jahr regieren könnten?
J. R.: Das Gesamtwerk in sieben Bänden. Bd. 1: Gedichte. Zürich: Diogenes, 1994. S. 335.

KURT TUCHOLSKY (1890–1935)

94 Nachher
K. T.: »Wir saßen auf der Wolke und ließen die Beine baumeln«. Nachher. Mit einem Nachw. von Ute Maack und Illustr. von Hannah Kolling. Stuttgart: Reclam Verlag, 2020. S. 14–21.

VIRGINIA WOOLF (1882–1941)

87 Tagebucheinträge zu Neujahr 1920
V. W.: Gesammelte Werke. Hrsg. von Klaus Reichert. Tagebücher 2. 1920–1924. Dt. von Claudia Wenner. Frankfurt a. M.: S. Fischer, 1994. S. 17–22. – © S. Fischer Verlag GmbH, Frankfurt am Main 1994.

FRANZISKA GRÄFIN ZU REVENTLOW (1871–1918)

73 Das Jüngste Gericht
F. G. z. R.: Autobiographisches. München: Langen-Müller, 1980. S. 428–441.